이복규와 댓글러들 지음

공부 길에서 만난 사람들

책:봄

댓글러(133인)

강문수	강석우	고병곤	고삼석	곽신환	구미래	구자천	권대광
권성로	권순긍	권혁래	길지연	김경숙	김기서	김남태	김도중
김동명	김령매	김만호	김명상	김명석	김명자	김미향	김상한
김선균	김선자	김성수	김성화	김신연	김영란	김영수	김용선
김은주	김의정	김재광	김재석	김재호	김정한	김정훈	김종석
김지영	김진영	김창진	김혜경	김희영	남궁양	남궁인숙	남미우
남연호	노동래	노성임	노연주	노유선	담안유	로쟈 이현우	문창실
박교순	박길수	박래은	박미례	박성홈	박수진	박연숙	박정규
박정호	박태롱	배영동	백송종	백승국	백은하	부길만	서화종
송찬구	신윤승	신은경	안동준	안병걸	안상숙	양완옥	오세찬
왕현철	원연희	원종범	윤금자	윤용기	이가은	이경숙	이광준
이동순	이동준	이명희	이부자	이상기	이상협	이서영	이성희
이수진	이연철	이인환	이종건	이종주	이주훈	임용대	임일주
임중기	장은수	장정희	전무용	전윤혜	전인평	전진주	정병설
정우인	정종기	조동일	조방익	조승철	조완미	조정래	조현숙
주칠성	채찬석	최내경	최온식	최인수	추연수	하순철	한경희
한미숙	한성수	한성일	한홍순	홍성주			

머리말

어느덧 만 65세, 정년입니다.

초등학교 시절, 선생님이 되고 싶었습니다.

그 꿈 중고등학교, 대학까지 이어졌죠.

학부 졸업 무렵에야 비로소 안 사실.

대학원이라는 데가 있고, 거기 가면 국문학 공부 더 할 수 있다…

사립학교 교사 취직 포기하고 대학원 석사과정 입학.

석사과정 다니면서 또 안 사실.

박사과정이라는 게 있고, 그것 마치면 교수 되어 평생 공부….

박사과정 들어가니 시간강사 자리를 주시는 은사님들.

생활이 어려워, 교사임용고시 준비하기도 했으나

하던 공부는 마쳐야 할 것 같아 다시 박사과정 마무리할 무렵

기적같이 모교에 자리가 생겨 1988년부터 모교 강단에 섰죠.

교사 지망했건만 교수가 되다니… 감당할 수 없는 복입니다.

그간 걸어온 길은 오직 공부의 길이었습니다.

공부할 수 있다면 어디든 달려갔고 누구든 만났습니다.

20여 학회에 가입했고, 성균관대 동양철학과도 기웃거렸으며,

고려인 구전설화 연구하러 카자흐스탄에도 날아갔는가 하면,

한문초서도 배웠으며, 환갑 나이에 야간 신학교도 다녔습니다.

지금도 호기심 어린 눈으로 늘 두리번거립니다.

그 공부 길에서 수많은 사람을 만났습니다. 만남이 공부 ….

그간 만난 인연 가운데 120인의 사연을 묶었습니다.

아침톡으로 보냈거나 보낼 것들로서 일부 글에는 초상화도 넣었습니다. 지인이 보내준 사진 가운데 선명한 것만 골라 안지수 님이 그린 작품입니다. 이 책은 《이복규 교수의 아침톡톡》 별책인 셈입니다.

내가 만났던 모든 분에게 감사하는 마음을 여기에 담았습니다.

공부에 전념하도록 알뜰히 집안살림을 챙겨준 아내[김범순], 따로 보살피지 못했어도 건실히 자라준 두 아들[범신·선범]에게도 고마울 따름입니다.

정년 이후의 길에는 또 어떤 인연이 기다리고 있을지 퍽 궁금합니다.

그 만남의 사연도 계속 아침톡으로 나누렵니다.

2021년 9월

이복규

차례

머리말

1

초중고 시절의 만남 :
초등학교 생활기록부를 보며

아버지의 선택

"공부할래, 지게 질래?"

초등학교 들어갈 무렵,

우리 조부님이 선친한테 물으셨답니다.

지게를 선택한 우리 아버지,

전주이씨 효령대군파 21세손 수환 님

평생 농부로 살다 가셨죠.

전혀 몰랐던 그 사연,

고종사촌 누나 문상 자리에서 만난 고종사촌 여동생이,

큰고모님한테 들었다며 들려주어 알았습니다.

당신은 지게 졌지만 공부 잘하는 막냇동생은 가르쳐

일제강점기 명문학교였던 이리농림학교 졸업시키고,

몸 허약해 공부밖엔 할 게 없는 나도

일 안 시키고 공부하게 하신 우리 아버지.

적성 따라 살아가신 분.

적성 따라 형제와 자식 살도록 밀어주신 분 ….

그 어려운 시기에.

많이 많이 부끄럽습니다.

talk ●●● **이명희** 님
막내동생이면 우리 아버지.
이리농림학교 졸업하신 거 첨 알았습니다.
그리고 재정 오빠가 큰아버지한테
"아버지는 동생은 가르치면서 왜?
자식인 나는 안 가르치시냐?"
불만을 털어 놓으셨다고 들었습니다
저 같아도 그랬을 거라고 오빠 마음을 충분히 이해합니다.
왜 그러셨는지 살아 생전에 한번 여쭤나 볼걸…

강문수 님 ●●● talk
놀라운 건 형님의 조부님.
아들의 인생을 스스로 선택하게 한 선각자.
형님 아버님의 선택은 한국인의 마음 그 자체.
당신이 선택한 삶을 묵묵히 살면서 조용히 타자 돕기.

talk ●●● **강석우** 님
어려운 시절!
홀로 세파를 견디신
우리 아버지!
철없는 아들은 그런 아버지가 부끄러워 원망만 했지요.

채찬석 님 ●●● talk
감동. 이 교수님은 간단한 이야기지만 깊이가 있습니다. 경륜, 지혜가 있기 때문인 것
같습니다.

talk ●●● **이동순** 님
이리농림학교, 조선의 수재들만 다닌 요즘의 영재학교,
시인 한하운이 다녔던…

이병호 선생님

내 초등학교 5~6학년 때.

중학교 진학용으로 나왔던 '매일공부' 문제지.

날마다 나왔던 한 장짜리 그 문제지.

한 달에 30원이었던가?

그 돈이 없어 신청 못하자

담임선생님께서 대신 사서 주셨죠.

그 당시 필수 참고서인 표준 전과와 수련장도.

아마,

형편 어려운 줄 알아 안타까워,

제대로 공부해 좋은 학교 가도록 그러신 것.

그 덕택에 도시의 중학교 입학해 오늘의 내가 …

talk ••• **권대광 님**
가끔 찾아오는 제자가 얼마나 큰 행복을 주는지 선생님께서도 잘 아시지요. 이병호 선생님께 선생님은 정말 큰 기쁨이고 자랑이셨을 겁니다.

권순긍 님 ••• talk
좋은 은사님이 계셨네요. 저도 강원도 산골에서 저에게 시를 쓰게 했던 선생님이 계십니다. 지금의 저를 있게 해준 은사님이죠. 그 선생님도 포항에 계시다 저도 모르는 사이에 돌아가셨습니다.

talk ••• **배영동 님**
안동대 민속학과 들어가 방황하던 중, 장철수 선생님 부임하신 후부터 점차 마음잡고 학교 다녔죠. 서울대를 졸업하신 장 선생님께서는 "너희들 서울대학생의 두 배만 공부해라. 그리고 미리 준비하는 사람에게만 기회가 온다"고 하셨죠.

초등학교 생활기록부를 보며

모교인 초등학교에 특강하러 간 김에 떼어온 생활기록부.
바빠서 자세히 못 보고 있다가 엊그제 꺼내봤지요.

소극적임
책임감이 부족함
신체 허약함.

2학년 때까지는 이렇습니다.
한심한 어린이.
지금도 기억납니다.
빵점이 뭔지도 몰라
받아쓰기 빵점 맞은 종이를 들고 와
어머니한테 자랑 자랑 …
그런데 3학년부터 달라집니다.

전 과목 향상 / 허약하나 강인함.

그러다 5~6학년 때는 이렇습니다.

전 교과 우수함

타의 모범임

우등상 몇 번, 6년 정근상, 선행학생상 수상.

도대체 2~3학년 사이에 무슨 일이…?

한심한 조카 붙들어 앉히고

우리 숙부님이 국어며 산수며 가르쳐 주신 거죠.

비로소 문리가 터져 학교 공부가 재미있어진 거죠.

나를 사람 만들어준 우리 작은아버지[이수창 님]

머리 늦게 터지는 아이

학교교육만으로는 안 되는 거죠.

넘칠까 봐

전자 분야 작은 회사 운영하는 초등학교 동창 이 사장.

무슨 이야기 끝에 하는 말.

"젊었을 적에 누가 100억 줄 테니 회사 넘기라고 …"

하지만 거부했다죠.

이자 높을 때니 그거면 편히 먹고 살 수 있으련만.

"왜 거절했지?"

"젊은 나이에 큰 돈 생기면, 넘칠까 봐."

지금도 신조가 이렇다네요.

조금 부족한 듯이 살자!

옛날에 계영배(戒盈杯)라는 술잔

너무 부으면 새어나가게 만든 잔 있었다더니 …

자기 다스릴 줄 아는 사람. ^^

언제 밤새워

모교 이리고교 교장을 세 번이나 역임한 김도중 동창.

서울 사는 딸이 쌍둥이 낳아,

부부가 돌봐주려 올라왔다기에 만났죠.

여전히 나처럼 바짝 마른 체구.

슬쩍 체중 묻자, 나보다도 가볍습니다.

'주먹만 한 몸'으로 1년 만에 학교 바꾼 이야기,

육회 비빔밥 먹으며 시간 가는 줄 모르고 들었습니다.

8시 출근이지만 4시 30분에 나와,

6시에 기숙사 학생들과 함께 밥 먹으며 음식 점검.

고기며 야채며, 상품 식자재만 받아 해 먹인 결과

아토피 피부병 가진 학생도 낫더라죠.

동문 식품업자가 자기네 것 써 달라기에 한 말.

"내가 돈 먹고 써 주면, 이 다음 길거리에서 만나

내 돈 먹은 놈이라 욕하겠지? 난 못해."

들어보니 작은 거인. 헤어지며 하는 말.

"언제 밤새도록 이야기하자고."

정말 그러고 싶습니다. 나도 해 줄 이야기 넘칩니다.

영어 토론 사이트

영어 전공 내 친구 박길수 박사.
영어 토론 인터넷 사이트에 글 올렸답니다.
누가 한국의 역사와 정치에 대해 올렸는데
사실인 것도 있지만 폄훼가 심해 반론 올렸다는 것.

"5천년 역사라 자랑하는 게 사실만은 아니라는 것 인정한다.
그러나 자긍심 갖게 하려 어느 나라나 그렇다.
크지 않은 우리나라가 당신 말대로
중국의 영향력 아래 살아남았으며,
고유문화와 문자까지 갖고 있고,
엉터리 지도자들 있다지만
국민소득 63불에서 70년 만에 3만불 달성(450배),
BTS를 비롯한 한류의 저력 …
세계 국가들의 모범이라 나는 생각한다."

참 잘했다고 칭찬했지요.
영어 실력 제대로 써먹었노라고. ^^

talk •••• **박길수 님**

Quora 들어가서 What's your opinion of South Korea? 검색하면 내용 볼 수 있어^^

부길만 님 •••• talk

한민족의 역사를 국제정치 또는 전쟁의 관점에서 보면 별볼 것 없는 민족이 됩니다. 그러나 문화 특히 출판문화의 관점에서 보면 위대함이 드러납니다. 그 위대함은 영토 확장이나 전쟁 승리가 아니라 출판문화를 통해 드러납니다. 세계 최강의 군대 몽골, 중국, 러시아, 동유럽을 모두 삽시간에 정벌했던 몽골과 고려인은 40년간 항쟁할 수 있었습니다. 그걸 가능케 한 것은 팔만대장경을 새기며 문화대국이라는 자부심 속에서 국민들이 일치 단결했기 때문입니다.

talk •••• **한홍순 님**

이런 자랑스런 대한민국 국민이 있어서 나라가 성장하는 것 같습니다~^^

김창진 님 •••• talk

잘하셨네요. 한국인은 더 활발히 국제 교류해야죠. 한국은 실상에 비해 너무 안 알려지고 또 과소평가되어 있지요.

talk •••• **백송종 님**

와, 정말 속이 다 시원해요! 뻥 뚫린 사이다 발언^^

함열 박약국

"어디가 아퍼서 왔댜아 …?"

"으응 … 거시기 … 설사 … "

"뭣 먹었가니 그려어 … ?
조심혈 일이지."

"약 좀 줘요"

"설사 땐 굶는 게 수여.
가요!"

고등학교 동창 창종이네 약국에 들렀다 엿들은 대화.
함열 사시는 우리 어머니와 큰누나가
왜 늘 박약국만 가시는지
오늘 알았습니다.

talk ••• **이경숙 님**
맞아요. 저 역시 신뢰가 가는 약사 같아서 다시 갈 거 같네요^^

박미례 님 ••• talk
정직함이 무기~~그 힘으로 살아가는 박약국~~ㅎㅎ

talk ••• **원중범 님**
장삿속이 아닌 사람다움이 느껴지는 약국이네요 ㅎㅎ

강문수 님 ••• talk
만약에 직업윤리의식 시험이 있다면
틀림없이 100점 만점 받으실 양반~

talk ••• **남궁양 님**
약물과잉 사회에서 꼿꼿한 약사분들이 계셔서 그나마 다행입니다.

배영동 님 ••• talk
약 파는 약사보다 약 안 파는 약사가 더 값진 인생의 약사.

talk ••• **강석우 님**
정겨운 고향의 모습입니다. 가끔 시제 모시러 고향 가는데 예전 모습은 오래전에 사라
졌습니다.

권성로 님 ••• talk
약을 권해야 약을 팔고 돈도 벌텐데 … 박 약사님은 거꾸로 된 길을 걷는 분.
2009년 선종하신 바보 추기경님의 말씀이 생각납니다.
"버리고 비우면
또 채워지는 것이 있으리니
나누며 살다 가자."

talk ••• **장정희 님**
역시 세상은 이런 분들 덕분에 살 만한 거겠죠~ 감사합니다. 박창종 약사님~^^

유학 성공 비결

고교 동창 조남신 교수.

러시아어학 공부하러 독일에 유학 간 과정이 특별합니다.

명문 학교냐 아니냐보다 더 비중 있게 고려한 것.

자기가 쓰려는 논문 지도할 교수가 누구인지,

그 교수 있는 학교가 어딘지를 사전에 물색.

말하자면, 학생이 교수 평가한 것. ^^

그리고는 치밀한 연구계획과 지원 동기 적어 보냈다죠.

외국 학생이,

자신의 논저 소상히 읽어 질문하질 않나

치밀한 연구계획서를 동봉하질 않나…

즉시 오케이!

쾰른대학에서 학위 받아 대학에 있다 퇴직했죠.

아마 국내에서도,

이렇게 준비해 응시하면 얼른 뽑아주지 않을까요?

나도 아직

이런 학생 만나본 적 없습니다. ^^

2

대학 시절의 만남 :
군더더기 하나 없는 몸이군

감사 표현

45년 만에 감사 표현을 했습니다.

공무원 합격 후 야간대 입학한 내게

초등2년생 아들 가정교사 시켜준 분.

계속 다른 아이들 연결시켜 줘

공무원 포기, 공부에만 전념하게 한 분.

그 바람에 모교 교수가 되게 한 외6촌 누나.

장귀남 여사.

그 누나 팔순 생신 때 감사의 시 낭송 후 여쭸죠.

초딩 2년생한테 무슨 필요가 있다고 과외지도 맡기셨냐고.

나 도우려 그런 거 아니냐고.

1초도 안 걸리고 나온 대답.

"친구들 만나러 다니고 싶은데

아들 봐 주며 숙제 거들 사람이 필요해 그랬어. ㅎㅎㅎ"

"다른 엄마들도 다 우리 모임의 멤버라 그랬어. ㅎㅎㅎ"

나를 위해 그런 게 아니라 당신네 필요해 그랬다지만

내 인생에서 결정적인 만남.

talk ••• **노성임 님**
글을 보다보면
교수님께서 참 열심히 사셨구나
가슴이 뭉클해집니다.

이상기 님 ••• talk
지금이라면 공무원 포기하셨을지요??
갑자기 궁금해집니다 ㅎㅎ

talk ••• **한미숙 님**
멋쟁이 누나네요.

권성로 님 ••• talk
받으면 무겁고 많이 받으면 빚 되고
주면 가볍고 비우면 천국 아닐까요?
그 사람 오늘이 있게 된 건 뿌리에 영양 공급해 준 고마운 분이 있어요.
잊지 않고 오랜 뒤에 기억의 끈을 되감는 아름다움이 있네요.

talk ••• **주칠성 님**
고진감래한 감동적인 삶의 스토리를 읽으니 눈물이 나네요~~

배영동 님 ••• talk
성공한 사람은 타인의 도움을 절대로 잊지 않는다고 하죠. 타인의 의도와 관계 없이, 자신에게 보탬이 된 것을 죄다 그 사람의 우호적이고 협조적인 마음으로부터 비롯되었다고 생각하지요. 그래서 계속 크고 작은 도움을 받을 수 있고, 또한 그것이 성공의 지름길이 되었을 수도 있습니다.

talk ••• **이주훈 님**
참 잘하셨네.
대답의 말씀도 배려가 느껴지는 누님입니다.
우리도 이웃을 돌보며 살아가면 좋겠네요.

백승국 님 ••• talk
오늘의 선생님으로 우뚝 설 수 있게 맘써 주신 '귀남 누님'께 두고두고 '원수' 갚아야 하겠네요!^.^

다음 글에서 틀린 곳은?

우리 대학이 야간일 때.

국문학과 편입시험 경쟁률이 아주 높았죠.

교대 졸업하고 초등학교 교사로 있던 사람들이 대거 지원한 것.

중등교원 자격증 얻어 중고등학교로 가거나 대학원 가려고 …

보통 7대 1, 8대 1 정도였죠. 재수, 삼수는 보통.

국문학과 편입시험 문제가 까다롭기로 소문이 나 있었습니다.

우리말 오용 표현에 아주 민감한 우인섭 선생님 때문.

77년도 2학년 시험 문제 가운데 하나.

다음은 심 봉사가 딸한테 한 말이다.

틀린 곳은?

"심청아, 방으로 들어오너라."

"심청아"라고 한 것!

"청아"라고 불러야 맞습니다.

부녀간에는 성 넣을 필요가 없음.

대학 생활 내내, 졸업 후에도 만나뵐 적마다

이런 훈련 계속 받았죠.

최근《교회에서 쓰는 말 바로잡기》출판한 것

다 그 덕택입니다.

talk ●●● **김창진 님**
학교 다닐 때는 그게 무슨 교육이냐고 우리 동기들이 반발이 심했습니다. 허나 졸업 후 교육 현장 나가보니 유용하더군요. 저는 특히 장단음 구별이 잘 안되는 현실을 보고 표준발음 운동을 하게 되었습니다.

권순궁 님 ●●● talk
바른 국어생활이 정말로 중요한데, 이걸 시험으로까지 냈군요. 사명감이 투철한 분이시네요. 저도 성대 조교시절 성대도 야간이 있어 법학과, 행정학과, 영문과 세 과가 있었는데, 대부분 공무원이나 초등교사들이 많았습니다. 그런데 레포트를 얼마나 잘 해서 내는지 시험도 그렇고 거의 만점이었어요. 교대가 2년제라 야간이 있는 대학에 편입했는데, 서울에선 국제대나 성대, 덕성여대 외에 야간 대학이 별로 없었기에 그렇게 경쟁이 치열했나 봅니다. 다 지나간 얘기.

talk ●●● **문창실 님**
말 한 마디 한 마디 조심스럽던 그 때를 생각하면 주눅들던 우리들의 모습에 웃음이 절로 납니다.~^^

정종기 님 ●●● talk
제가 편입할 때는 20:1이 넘었던 것으로 기억합니다.

한 여자만

여성들한테 인기 많은 구자천 동창의 말.

"한 여자만 사랑해야
여자가 뭔지 사랑이 뭔지 알아.
이 여자 저 여자 좋아하면
평생 몰라."

아직 바람피우지 못했지만
그 말에 공감합니다.
한 여자만 사랑하길 36년쯤 …
아직도 여자가 뭔지 잘 모르니까
아직도 사랑이 뭔지 잘 모르니까.

남의 것인 양

아주 건강하다 척추 대수술 받은 권영대 선배.
구조물을 뼛속에 심는 재수술 …
통증이 심하니 무통주사 맞으라고 권했지만 거부.
수술하고 나서도 일체의 주사와 약물도 거절.
무척 아팠을 텐데 어떻게 참았느냐고 묻자 하는 말.

"내가 30년간 학생들한테 강의할 때,
'고통이 찾아오면 내 것으로 여기지 말라. 남의 것인 양 여겨라.
그러면 거리가 생기면서 고통을 이길 수 있다.'
늘 이렇게 가르쳤지.
막상 내가 수술 받으면서 무통주사나 약물로 피한다면,
학생들한테 거짓말쟁이가 되고 말 것 아닌가?
통증이 몰려올 때 생각했지.
'이건 내 것이 아니다, 내 밖에 있는 것이다.'
마치 찾아온 친구 맞이하듯이 했지.
'아, 네가 오는구나, 어서 와라, 놀다 가라.'
이렇게 응시한 것이지. 우리 아버지도 예전에 그랬어."

유럽에 자전거 도로가 잘돼 있는 이유

중학교 국어 교사로 근무하다 명퇴한 박용규 후배
요즘 자전거타기에 푹 빠졌다면서
서울에서 포항인가 울산인가까지 다녀왔다고 자랑자랑.

"우리나라도 자전거타기 천국인데?"

그랬더니만 아니랍니다.
길이 너무 좁답니다.
치안 면에서만 천국이라네요.
유럽은 자전거도로가 널찍해 달리기 좋답니다.

그러면서 덧붙이는 말
"자전거 천국이 된 이유 아세요?
유럽에서는 자전거로 출퇴근하면 국가에서 돈 줘요.
국민이 자전거 타서 건강하게 살면 의료지원금 안 나가
크고 멀리 보면 그게 국가에 더 이득이거든요."

talk ••• **강문수 님**

우리나라 자전거 도로는 명바기 작품.

신뢰 제로. 억지 춘향.

천천히 유럽식 자전거 도로를 만들어갔으면 얼마나 좋았을까요. 돈 적게 들이고도 명품으로, 친환경으로, 자연파괴 최소화해서~.

그리고 유럽처럼 자전거 출퇴근에
돈까지 주면 너도나도 타고 다닐 텐데~.

아빠, 신발이 늙었어요

미국에 이민 가서 사는 백훈 후배
그 자녀한테 우리말도 가르친다고 자랑합니다.
집에서 한국어로 대화하고
토요일마다 교회에서 운영하는 한글학교 다니기
그런데도 종종 이상한 표현들

"아빠, 신발이 늙었어. 새것 사줘."
어느 날 딸아이가 하는 말을 듣고 포복절도,
영어로는 모두 old로 표현하니 나타난 현상.

그래도 이중언어 사용자로 자녀 키운
자랑스런 후배.
그렇지 않고 영어만 배우게 한 이들
지금 와서들 후회한답니다.

넌 이렇게 쓰면 안 돼

대학원 입시 준비하려고, 대충 쓴 학부 졸업논문
"〈주몽신화〉에 나타난 통과의례에 대하여"
이걸 들고 최운식 선생님 찾아 뵈었죠.
쓱 훑어보고 나서 단호히 하신 말씀.
"넌 이렇게 쓰면 안 돼!"
수준 있는 논문 쓰라고 요구하신 거죠.
어떡하나?
하지만…
관련 자료 읽으면서 가졌던 의문이 떠올라
바로 새 논문을 썼습니다.
고구려 주몽신화 중 일부는 부여 동명신화라는 새 주장.
나중에 책으로도 출판,
우수학술도서 선정의 영예도 누렸죠.

"너만은…"
은사님의 이 말씀이 가져다 준 행운입니다.

talk ••• **최운식 은사님**
기억력이 좋군요.
지적하면 서운해하는 학생도 있었지.
고맙게 생각하고 받아들여 수정 보완하는 태도가 고마웠지.
그 자세가 오늘의 성공을 가져왔다고 생각해요.
고마워요.

정우인 님 ••• talk
얼마나 믿음이 컸을지 그 한마디에 다 들어있네요.

talk ••• **구자천 님**
헐!!!
이거 고발 대상??
누가 봐도 편애~~

군더더기 없는 몸

몹시 덥던 날
은사님과 연꽃밭 구경하기로 한 날
견디다 못해 자존심도 내려놓고
반팔 입고 용감하게 외출은 했으나
누가 흉보면 어쩌나
여전히 가슴 한구석에 두려움이 있었지만

약속 장소에
먼저 나와 기다리시던 권오만 은사님
알량한 내 몸뚱이를 보시자마자 하신 말씀
군더더기 하나 없는 몸이군!

말라깽이로 살아온 육십 년
밥 좀 더 먹어라
남자 몸이 어째 그러냐……
숱한 말 들어오며 살아왔건만
이렇게 이쁜 말이 있다니

겁나게 힘 돋궈주는 말이 있다니!

말이 아니라 말씀

연꽃 구경하기도 전에 은혜 충만하였습니다.

그래도 되는 거니?

여간해선 화 내지 않으신 교목 한승호 목사님
아주 화났을 때 하신 말씀

너 그래도 되는 거니?

이게 최고 화났을 때의 말씀이라니…
엊그제 5주기 추모예배 드리며 생각했다
난 아직도 멀었구나 아직도.

talk ••• **강문수 님**

매주 채플 때 뵈어선지, 직접 선생님께 직접 강의를 수강했는지는 기억이, 가물가물 합니다.

기독교 문학 6학점 들을 때 성함이 기억나지 않는 교수님께 엔도 슈사크의 '예수의 일생' 추천받아 읽은 기억은 뚜렷합니다.

한 일년간은 채플 때 성가대로 활동하기도 했죠. 그때 기독학생회에서 문고본 '불트만'의 '성서의 실존론적 이해'를 발견하고 열심히 읽었었죠.

손자 보기

"아버지, 손자 보러 오서요."

은퇴 무렵,

아들의 전화 받고, 기쁨보다는 충격이었다는 신표균 선배.

아 … 천사같은 그 아기를,

속물로 살아온 이 몸으로 안아야 한다니 …

산후조리원 찾아갈 때, 정성껏 글 하나를 써 갖고 갔다지요.

원장과 며느리가 아기 안고 나온 면회실.

아기한테 주는 말을 담은 그 글.

안기 전에, 천천히 읽어준 다음, 건네받아 품에 안았다죠.

지켜보던 원장이 감동했다며 달라더라네요.

표구해서 조리원에 걸어두겠다며 …

talk ••• **이수진 님**
와 멋진 할아버지네요. 문득 드는 생각 … 아들도 그런 마음으로 보셨을까요~? ㅋ.
자식은 정신없이 키우다가 시간이 지나는 것 같아요… ㅋ

김영수 님 ••• talk
복규 쌤도 어여어여 손주 보세요. 공감을 넘어서는 느낌이 잔잔하게 피어오를 듯!

talk ••• **배영동 님**
대단한 감동이군요. 독자도 감동, 할아버지도 감동!
이야기의 상황은 "성스런 손자"와 "속된 할아버지"로 대비되어 있군요. 그렇겠지요.
그게 우리 조상들의 신생아에 대한 보편적 인식이었을 거라고 봐요.

돼지고기 안 먹던 친구

종교적인 이유로 돼지고기 안 먹던 대학 동창.
심지어
중국집에 가서 짜장 먹을 때도 돼지고기 골라내던
삼육중 이동용 교감.

언젠가 궁금해서 내가 물어봤죠.
"먹고 싶어도 억지로 참는 거야?"
곧바로 해준 대답.
"아니….
처음엔 그랬지만
이젠 냄새도 역겨워."

그 말 듣고 깨달은 사실
아하,
신심이 깊으면 안 먹는 게 아니라 못 먹게 되는구나!
〈나는 자연인이다〉에 출연한 어떤 분도
하산해 육식하면 탈난다고 하듯!

talk ●●● **강문수 님**

이슬람 사회가 돼지고기를 안 먹는 이유는 돼지가 인간과 같은 음식을 먹는 잡식 동물이기 때문이라죠. 인간과 식생활 경쟁자이기에 척박한 사막 지방에서 사육하게 되면 일부 부자의 식도락을 위해 가난한 자들은 굶어죽게 되니 그것을 방지하기 위함이라네요. 인도에서 소를 신성시하는 것은 소를 다 잡아먹으면 농사지을 노동력이 없어지기에, 그 방지책.

조선시대에도 같은 이유로 소도살을 금지하기도 했죠.

인도 최하층민에겐 생계를 위해, 조선시대 백정처럼, 쇠고기를 다루는 권한을 주었다네요.제레미 리프킨은 '육식의 종말'에서 유럽과 미국인이 고기 먹느라 사료로 사용한 옥수수면 지구상 모든 인간이 기아에서 해방된다 주장하고 있죠.

게다가, 대량 사육하는 소새끼 방귀가 오존층을 파괴한다니, 이번 여름 폭염의 원인이 내가 먹은 고기 때문은 아닌지 심각하게 생각해 볼 일~.

축하 못 해요

"이 형, 솔직히 실망했습니다.

퇴임 한 학기 남기고 보직을 맡다니요?

40여 종이나 저술활동한 학자가, 마무리 짓는 데 쓰지 않고,

행정이나 맡으며 남은 시간 낭비하는 것이 안타깝네요.

뒷모습이 아름답길 바랐는데 …"

학과장과 신문사 주간만 맡고 있다,

정년 1년 앞두고 학장 보직 맡았다는 소식 듣고,

동갑 방인태 교수가 보낸 카톡.

나를 이렇게나 아끼다니…

고맙고 미안해 얼른 안심시켰죠.

"사양하다가 예우라고 해서 받은 보직 …

이 때문에 저술 게을리하진 않겠노라."

굳게 약속.

4시간으로 줄어든 책임 강의시간,

네 종 책 저술 계획서까지

제시하고서야 겨우 오해 풀었답니다.

talk ••• **하순철** 님
이 교수 인품이 다른 사람에게 얼마나 영향을 미치는지 알 수 있는 미담이네요.

김재호 님 ••• talk
그분의 의견도 일견 일리는 있으나 저는 잘하신 일이라 생각하고 축하드립니다.

talk ••• **강석우** 님
제가 생각할 땐 큰 보직을 맡아서 최선을 다하며 정년을 맞이하는 것도 괜찮을 것 같은데, 그렇지 않은 모양이죠?

배영동 님 ••• talk
알찬 연구 성과 많이 내시면 됩니다.
누구나 보직 맡으면 그런 말씀 듣기 쉽죠. 특히 연구 많이 하신 분에게는 피할 수 없는 지적이죠.

talk ••• **송찬구** 님
말이 먹히는 친구이니 그렇게 말해 줄 수 있는 거지요…ㅎㅎ

조방익 님 ••• talk
인생 후반전이 저녁 노을처럼 소리없이 아름다울 인문학자. 방인태, 이복규 두 딸깍발이가 있어 날마다 맞는 오늘이 새롭고 힘이 납니다.

talk ••• **김기서** 님
평교수와 보직교수를 달리 보는 사회.
오죽 못났으면 조직에서 보직도 안 맡길까 생각하는 사람들.
보직교수 위는 정치교수.
모 대학 교수회의가 국무회의 버금간다는 소문도 우스갯소리가 아닐지도. ^^*

곽신환 님 ••• talk
실세가 허세보다 훨 낫죠.

세한도

어느 제자가 보내준 이인환 작가의 방송 녹음.
"KBS한민족방송 화요일 5시20분 첫 방송"
30년 전 서경대가 야간일 때 만난 제자.
이제 보니
시인, 작가, 글쓰기와 소통 강사로 유명 인사입니다.
《일독백서 기적의 독서법》이란 책은
2만 권이나 팔려 대형서점에서 저자 싸인회까지 했다니,
청출어람. ^^

떡잎부터 달랐던 학생이었죠.
《한국문학통사》로 조선전기 국문학사 강의하며,
'안정기'란 표현 책대로 수업했더니만,
기말고사 답안지에 쓴 말.
"안정? 어찌 그때가 안정기란 말인가?"
비판적이고 창의적 답안이라, 아직도 기억하죠.
그때도 사회현실 직시하며 부드러운 카리스마 풍기던
10년 연하의 이 작가.

talk ••• **이인환 님**
교수님 감사합니다.
버릇없이 나대던 제자의 치기조차 예쁘게 포장해주시니
몸둘 바를 모르겠습니다.
좋은 글과 따뜻한 마음에 미소짓는 아침입니다.

임용대 님 ••• talk
와…답안 정말 멋지네요. 어떻게 저런 생각할 수 있었을까요? 교수님 말씀대로 떡잎
부터 다른가 봅니다.

talk ••• **김재호 님**
이인환이 잘 살고 있군요.
가끔은 언론에 보였던 것 같네요.
반갑군요.

어떤 교수의 유학

프랑스에 유학 가서 정신분석학 전공,

귀국해 대학에 자리잡은 대학 후배 이유섭 교수.

프랑스어에 서툰 사람이 그 어려운 학문을 어떻게?

궁금해서 묻자 하는 말.

"한 번 수강한 다음, 거듭 다시 수강했어요.

완전히 이해할 수 있을 때까지 반복해서 수강했어요."

이해될 때까지 같은 교수의 강의를 거듭해 듣기.

어느 날 드디어 득도의 순간이 왔고,

그 지식으로 대학교수가 되어 아주 신나게 사는 후배.

강의에 상담에 저술에…

정신분석학 소개 책 써서 우수학술도서로 선정되기도 했죠.

정면 돌파로 나가는 이런 공부법 앞에

그 어떤 과목도 정복당하고 말 일입니다.

나 때문에 학문 포기

은평구에서 오랫동안 오딧세이 논술학원 운영하는 제자
안상숙 원장.
장학기금 모은다니까 흔쾌히 500만원을 약정하기도 한 사람.
공부 잘해 대학원 보냈더니만
석사만 받고 학원계로 가 의아했는데
언젠가 그럽니다.
자기가 학문 포기한 건 나 때문이라고.
무슨 소리냐고 했더니만 하는 말.

"도저히 선생님처럼 연구 즐거워할 자신 없었어요.
즐겁지도 않은 연구를 평생할 자신이 없었어요."

학생들에게 책 읽히고 논술 지도하는 게 즐겁다는 제자.
요즘엔 논술시험 보는 대학이 별로 없어
남편과 함께 국어와 언어 과목 가르친다네요.
난 연구는 즐거워도 강의는 별로인데…^^

talk ●●● **강문수 님**

사람마다 적성이 다 다르죠.

저는 독서지도가 재미있어요.

세계문학, 한국문학을 지도하다 보면, 가르치면서 배우게 돼요.

세르반테스와 셰익스피어, 호손, 멜빌 등 세계적 거장들의 고전을 읽는 재미가 쏠쏠합니다.

어느 설문에 철학가 지젝이 한 대답

"- 당신이 가장 싫어하는 것은?"

"- 학생."

세계적인 철학가도 멍청하고 말도 안 되는 질문이나 하는 학생을 가르쳐 먹기가 가장 싫다네요.

독서광 제자

내가 교수가 되어 첫 조교로 나를 도와준 88학번 제자 김수정.
두 대학생 아들을 둔 어머니가 되어
벚꽃 아름다운 오늘 찾아와 담소했습니다.

어찌나 책을 좋아하고 많이 읽는지
정독도서관과 종로도서관에 가면
한 서가에 꽂힌 책을 깡그리 읽어버리곤 한답니다.
요즘에는 한 저자나 작가의 책을 잡아 바닥을 내기도 한답니다.
신나게 책 이야기 듣다 궁금해 물었죠.
"아이들도 책 읽어?"
그랬더니만 하는 말.
"큰놈 중학생일 때 일본 애니메이션에 꽂히더니 일본어학과 다
녀요. 작은놈 중학생일 때 제빵 책에 푹 빠져 있더니 제빵학과 갔어
요."^^

좋아하고 잘하는 걸 공부해서 그런지
입학할 때나 1학년 때만 대 주었을 뿐

나머지는 벌어서 충당하고 있답니다.

나보다 훨씬 자식들 잘 키운 제자.
단풍 고운 가을에 또 오라고 했습니다.

산 같은 선생님이

훈민정음의 역학적 연구, 정역 연구의 독보적 존재

학산 이정호 은사님.

탄신 106주년 기념 학술대회에서

사회 보는 건양대 김문준 교수가 하는 말.

"내게 도원 유승국 선생님은 산 같았던 분.

그런 유 선생님이 학산 선생님 찾아뵐 때 보인 이상한 모습.

유치원생이 엄마한테 미주알고주알 유치원에서 있었던 일 조잘대듯

그날 대학에서 초청강연한 내용이랑 주저리주저리 고해 바치기.

그날 일 다하자 하루 전의 일 … 이틀 전의 일 …

끊임없이 …

돌아갈 생각도 않으신 채."

너무 충격이었다는 그 장면.

얼마나 학덕 높은 분이기에 산 같은 유 선생님이 …

talk ••• **김기서 님**
산같은 선생님을 둔 사람의 행복.

이종건 님 ••• talk
참 좋은 관계네요. 지금도 이런 관계가 있는지요? 세상 많이 변했어요.

talk ••• **하순철 님**
산같은 스승 되기가 산같은 일

권대광 님 ••• talk
큰 선생님들 앞에서는 학문과 생활의 구분이 없는 것 같습니다. 저도 이런저런 사는 이야기를 선생님께 많이 여쭈게 됩니다. 뭘 얻으려하기보다는 같이 있는 시간이 즐거워서입니다.

talk ••• **최내경 님**
아름다운 스승과 제자의 모습이네요 ^^

김창진 님 ••• talk
아 아직 경험해 보지 못했던 세계.

talk ••• **김만호 님**
부모와 같은 스승, 스승과 같은 부모 양쪽을 다 보는 아침이네요.^^

배영동 님 ••• talk
이해가 가는 이상한 모습입니다. 속마음을 말할 수 있는 관계가 일체형의 사제관계라고 하지요.

인연

강문수 대학 후배가 총각 때 아내와 맺어진 사연.
과묵한 여성과 결혼하리라 마음먹고 탐색하던 중 …
문학회에 새로 들어온 후배가
처음 보는 순간 맘에 들더라죠.
그때 박완서 소설 〈엄마의 말뚝〉으로 토론했는데
모일 때마다 한마디도 하지 않아 더욱 호감.

'바로 이 사람이다!'

그러나 결혼하고 보니
결코 과묵하지 않기에 물었다죠.
"왜 그때는 말이 없었지?"
"뭘 알아야 말을 하지."

말 잘하는 아내와 지금 아주 잘 살고 있습니다.
인연. ^^

talk ●●● **김정한 님**
만약 과묵한 분과 결혼했더라면
불만을 가졌을 수도.ㅎㅎㅎ

김재석 님 ●●● talk
곰보다는 여우가 나아요.^^

talk ●●● **전윤혜 님**
ㅋㅋㅋ 유머러스한 우리 남편…
그때는 참 재미나더니 이젠 왜 그렇게 수다스런지.ㅋㅋㅋ
근데 남편도 저에게 그러겠죠? ㅎㅎㅎ

어떤 우정

1967년 경부터 지금까지 매주 만난다는 대학 선배 두 분.
한 분은 국어 교사인 이석범 선생,
한 분은 서예가 윤양희 교수.
야간대학에서 만나 더 애틋한 걸까?
50년 넘은 세월 동안 매주 …
어떤 때는 한 주에 두 번도 …
차 마시거나 전시회, 책방, 골동품점 함께 가기.
부부 함께 살아도 할 얘기 늘 넘치는 것처럼
아마 그런 모양.

더욱 놀라운 이야기 하나.
아들 결혼 주례 서로 서 주기.
자식 바꿔 가르친다는 말은 들었지만,
얼마나 서로 존경했으면 …

팔순에 이른 두 분 선배님,
계속 강녕하여 아름다운 우정 이어가시길!

talk ●●● **원연희 님**

요즘같이 인연맺기가 두려운 때에 그런 분들의 우정이 아름답습니다.
죽음이 갈라놓기 전에는 헤어지실 일이 없으시네요.

권대광 님 ●●● talk

서로 배우며 성장하시는 참벗을 만나셨군요. 이런 만남이 가능하다니 … 하는 생각이
듭니다. 그러고 보니 저도 매일 선생님을 뵙는군요! ^^

talk ●●● **박미례 님**

두 분 연애하시나 보당.^^ㅋㅋ

함석헌 선생

대학생 때 들은 함석헌 선생의 강연.
우리 대학 채플 시간에 오신 분.
입장할 때 우레같이 쏟아진 박수.
마이크 앞에 서자 하시는 말씀.

"여러분이 박수한 것은 인간 함석헌에게 한 게 아니지요.
무엇인가의 상징으로 보아 그런 거죠."

맞습니다. 독재 시절 민주화 운동의 상징이었던 그분.
감옥도 두려워하지 않는 그 시퍼런 정신 때문에…

나는 무엇의 상징일까, 상징이어야 할까?
내 가슴에 아직도 남아 있는 그 한마디.

talk •••• **백송종 님**
아, 여운이 남는 말씀입니다.

권대광 님 •••• talk
선생님은 저한테는 상징이시지요. 설공찬전과 초기 한글 소설 연구의 거장 아니십니까? 함석헌 선생님은 시대의 상징이셨던 것이고요.

talk •••• **이수진 님**
뭉클해요…… 오늘 글은 하루종일, 며칠, 몇 년, 생각할 것 같아요. ㅎㅎ

김선균 님 •••• talk
오산학교 선배님이어서 중학교 행사 때 한경직 목사님 등 생존해 계셨던 독립운동가들과 함께 가끔 뵈었던 어른 함석헌. <그대 그런 사람을 가졌는가> 시가 생각납니다.

부길만 님 •••• talk
함석헌 선생님! '함석헌'은 89년 이후 제게 늘 그리운 이름입니다.
70년대와 80년대 젊은 시절에 그분께 오랜 기간 직접 배울 수 있었던 것은 제게는 큰 행운이었고 어두운 시대가 준 축복이었다는 생각이 듭니다.
그분을 생각할 때마다 "선생님의 제자로서 제대로 살아가고 있나" 하는 반성을 하곤 합니다.

폐기 처분

심혈 기울여 낸 책을 서점에 깔아 놓은 후 오탈자 발견…
즉시 거두어들여 폐기처분한 분.
무려 1천만 원쯤 들었다네요.
공주교대 명예교수 최명환 선생님.

불후 명작 〈피에타〉 작가 미켈란젤로가,
조각품이 맘에 안 들어 숱하게 부수곤 했다더니…
과연 최 고집.

기껏 정오표 붙이는 나를
늘 부끄럽게 하는 분.

talk ••• **김선자 님**
헐! 저는 수천만 원 들어야 할 듯.ㅋㅋ

이부자 님 ••• talk
장인의 꼭 필요한 자존심?
그럴 거 같아요 ㅎ

talk ••• **윤용기 님**
저는 정오표 붙이는 거
크게 개의치 않습니다.
사람 냄새가 있어서 좋아요 ㅎ

구미래 님 ••• talk
이 세상에 오자 없는 책은 없다는데…

talk ••• **권순긍 님**
우리 앞 세대 은사님들이 늘 하신 말씀이 '책 함부로 내지 마라'였습니다. 예전에 판목을 주로 대추나무나 배나무로 만들어 쓸 데 없이 책 내는 것을 '조리지화(棗梨之禍)'라 했죠. 해서 책을 내다보면 이게 괜히 불쌍한 나무만 죽이는 게 아닌가 생각도 듭니다. 나는 정말 필요하고 소중한 책만 냈는가 반성합니다.

김동명 님 ••• talk
정말 신경 쓰이죠. 이해는 가는데, 그렇게는 못했습니다. 그런 각오로 글을 써야겠습니다.

talk ••• **김기서 님**
도예가 중에도 그런 분들이. 불가마에서 꺼낸 작품들을 살피다 마음에 안 들면 가차 없이 망치로(절규)
버림으로써 완성되는 작가의 분신(分身)들. ^^

상상 출근

지난 2월, 고등학교에서 명예퇴직한 정종기 후배.
3월 개학 무렵마다 꾸었다는 악몽.

교실 못 찾아 헤매고 다니기.
겨우 찾아 들어가서는,
무엇을 가르쳐야 할지 몰라 아득해하기.
킬킬거리는 학생들.

퇴직했건만, 요즘,
여전히 같은 꿈꾸고 있다네요.
상상 임신처럼, 상상 출근 …
내 보기에 대학 교수 못지 않은 실력에
20대 초반부터 환갑 나이까지,
40년 지켜온 교직이었는데도 이렇다니 충격.
훈장 똥은 개도 안 먹는다더니 …

talk ●●● **정종기 님**

드디어 이복규의 모닝톡에 저도 등장하는군요.^^

제가 심약한 탓이죠. 완벽주의적 성향도 좀 있고요. 의연하고 대범하신 선생님들이 늘
부러웠습니다.

길지연 님 ●●● talk

ㅋㅋ 저도 아직 유학시절 학점 못 따고 헤매는…

talk ●●● **김남태 님**

ㅎ

그런 얘기를 들은 적이 있어요.

어떤 분은 실제로 출근까지 했었다죠.

김창진 님 ●●● talk

저도 상상 출근.

교실에 들어가려는데 출석부가 없어. 내 것만 없어. 어? 당황하며 헤맴.

어떨 때는 교실을 찾음. 학교 전체를 뺑뺑 돌면서 못 찾음.

talk ●●● **고삼석 님**

군대 제대하고… 다시 한번 더 입대하는 악몽.

정병설 님 ●●● talk

내가 아는 것이 가르칠 가치가 있는지, 가르친 것이 학생들을 변화시킬 수 있는지,

한번도 자신감을 가지지 못했는데, 요즘은 더 약해졌어요. ㅠㅠ

줄 궁리만 하는 사람

대학 동창 가운데 한 사람 김기서 박사.

만났다 하면 늘 뭔가를 주고 싶어 안달하는 사람.

내 아들 어릴 때 놀러 갔더니

자기 딸 보던 그림책이랑 바리바리 준비했다 주더니만

지금까지 만날 적마다 뭔가를 마련했다 주는 사람.

어느 날엔가는 대용량 USB 가져오라더니,

그간 모은 자료들,

하루종일 걸려 다운로드 해준 사람.

동네 주민들에게 칼갈이 봉사하다 우리 동네에도 왔다 간 사람.

요즘 자전거 트래킹에 푹 빠져 틈만 나면 전국 곳곳을 누비더니만,

건강에 좋다며 카본 자전거 싸게 사게 해준 후

여의도 거쳐 행주산성까지 끌고 가 맛보게 해 준 사람.

내 몸 하나 챙기기에 급급하며 살아온 나

계속 반성하게 하는 내 인생의 좋은 동행자 …

talk ••• **강문수 님**

자유 평등 박애

프랑스 대혁명의 이념 — 인류가 가야할 길.

200년 이상 지났지만 아직 자유조차 완전히 획득하지 못하고, 우리는 자유와 평등의 이름으로 동족상잔의 전쟁까지 치렀죠. 박애(형제애, 동포애, 세계시민주의)는 시작도 못한 세상

나 혼자 잘 먹고 잘 사는 천민 자본주의(자유주의)는 타인의 임금부터 자유까지 착취하죠.

IMF로 비정규직 합법화한 갑들의 횡포는 신의 한수로 불릴 판이죠.

이런 시대에 '아낌없이 주는 나무'같은 대학 선배님이 계실 줄이야!

자신이 가진 모든 것 내어주는 예수님처럼 살아가기.

그 정신 실천하는 분들이 만드는 세상이 천국이겠죠.

일부러 틀리는 학생들

고교 교장으로 퇴직한 임문혁 선생님의 전언.

학생들은 안다네요.
자기네를 사랑해 주는 선생인지 아닌지
귀신같이 안다네요.

어떤 국어 선생이
미남은 아니어도 인기가 아주 높았는데
학생이 뭘 틀리면 한 대씩
등짝을 때려줬다지요.

"예끼 이놈아, 글쎄 고걸 몰라?"

듬뿍 애정을 담아 그러곤 한다지요.
학생들은 등짝을 맞고 싶어
글쎄
아는 것도 일부러 틀리곤 한다네요.

3

대학원 시절의 만남 :
황순원 선생님의 앉은뱅이 책상

울어주기

상담 봉사하는 대학원 동창 이연철 작가.
주로 자살하려는 사람 말리기.
한 번은,
막무가내로 죽어버리겠다는 여성 달래다 달래다
너무 답답해 막 울었다네요.
꺼이꺼이.

그러자 놀란 그 여성,
이러더라죠.

아저씨, 울지 마요.
나 안 죽을 테니까 …

talk ●●● **김동명 님**

목회해 보니, 사람들은 정답을 원하는 게 아니라 공감을 원하더군요.

배영동 님 ●●● talk

군대 생활할 때 들은 일화가 떠오르네요. 전호* 소령이라고 말솜씨만 봐도 참 똑똑한 사람이 있었죠. 자신이 전방에 근무할 때 사병이 사고로 숨졌는데 유가족이 와서 그리 슬피 울고 항의를 했다죠. 자신이 그 상황에서 유가족보다 더 슬피 통곡하면서 "김일병 빨리 일어나라"고 정신없이 황망하게 일정시간을 그랬더니, 유가족이 슬픔과 항의를 누그러뜨리더라고 해요.

talk ●●● **권대광 님**

상갓집 곡 품앗이가 생각납니다. 슬퍼서 울 수도 있겠지만, 같이 울어 슬픔을 나누는 일이 더러 있습니다. 같이 울면 슬픔은 지수함수가 되는 것 같습니다. 같이 '울어주기'가 가진 힘이 분명이 있는 것 같습니다.

시콘서트 이향아의 밤

"같은 일을 백 번 할지라도 처음 하는 것처럼 하고 싶다.
오직 하나 남은 진실을 고백하듯이 하고 싶다."

대학원 선배 이향아 시인이 2017년 80세 때 낸 시집의 머리말이
란다.

23번째 시집 출판 날 가진 시콘서트에 초청받아 갔다가 들은 구절.

80대에 시를 쓴다는 것도 놀라운데 이런 감성을 유지하고 있다
니 …

살아온 나날에 대하여, 진행자와 대담할 때,

그냥 이야기해도 되련만,

준비한 원고 이따금 보며,

시 쓰듯 정성스럽게 …

평생 종사한 시 쓰기와 교육, 둘 중에

시 쓰기가 여전히 더 어렵다는 노시인.

그러면서도 때때로 자기 시가 마음에 들어 감탄하곤 한다는 선배.

모든 일이 미완성이므로, 앞으로도,

지금껏 해오던 일 그대로 하다 가고 싶다는 선배.

talk ••• **문창실 님**
저도 저 나이에 저런 감성을 가지고 열정적인 삶을 살 수 있으면 좋겠습니다.~^^

하순철 님 ••• talk
이런 마음이 팔십 평생의 시심.

talk ••• **남궁양 님**
나이는 핑계에 불과하다는 점을 온몸으로 보여주시는 분이네요^^

이성희 님 ••• talk
멋지세요~ 이향아 선생님도~ 늘 좋은 감동 전하시는 선생님도~^^

talk ••• **조방익 님**
듣기만 해도 설레네요. 백 번을 해도 처음처럼…

송찬구 님 ••• talk
으이그! … 부끄러워라.!!!

talk ••• **김의정 님**
처음의 감각. 동의합니다. 그러려면 건강해야 되는데요.
정신이 신체에, 신체가 정신에 지속적으로 맞물려 영향을 주는 것 같습니다.
때때로 자기 시가 마음에 들어 감탄.
이 구절이 가장 인상적입니다.

대주는 성주를

가신신앙의 권위 김명자 안동대 명예교수.
잡지 기자로 일하다 민속학에 투신
여기저기 다니며 많은 자료 수집해 연구한 분.
언젠가 성주고사 사설 한 대목을 알려줍니다.

"대주(호주)는 성주(성주신)를 믿고, 성주는 대주를 믿고…"

호주가 바뀌면, 성주신을 새로 모셔들이는 고사를 비롯
성주신 모신 고사나 굿을 할 때면
늘 이렇게 주문처럼 말한다는 것.
한국인의 신앙을 잘 표현해 주는 말.
요컨대 신과 인간은 서로 의존되어 있다는 인식.

인간이 건강하고 여유 있어야 신도 제물을 받을 수 있고
신한테 복을 받아야 인간도 잘 살 수 있다는 생각.
인본주의와 신본주의
어느 것 하나 소홀히 할 수 없다는 인식.

talk ●●● **길지연 님**

저는 카톨릭이지만 토속신앙이 과학적이며 우주의 진리라는 생각도 합니다
옛날에 집을 지을 때 오랜 시간을 거쳐 주춧돌 세우고 대들보 세우는 것도
견고함도 있지만 땅 아래 생명들이 옮겨갈 시간을 넉넉히 주는 것은 아닌지?

곽신환 님 ●●● talk

손자는 할비를 믿고 할비는 손자에 기대고.
손자가 없으면 할비도 아니고
할비가 없으면 손자는 제대로 크지도 못한다!
추종자가 시원찮으면 지도자가 신이 안 나고
지도자가 무심하면 추종자는 골로 가거나 지도자를 바꾼다!

talk ●●● **부길만 님**

인간과 신의 순환 논리 재밌네요.
기독교에서도 너희 마음 속에 하나님이 있다고 했지요.
인도에서는 우주 원리 브라만과 참 자아 곧 아트만이 하나라고 했지요.

괄목상대(刮目相對)

어떤 사람이 몰라보게 발전했을 때 쓰는 고사성어

괄목상대

눈을 비비고 봐야 할 정도로 확 달라진 사람!

이 말을 말이 아니라 실제로 체험한 일 있죠.

한국학대학원에서 같은 박사과정생으로 만난 최봉영 교수.

우리말로 철학하기 운동의 선두에 있는 분이죠.

그 당시, 미혼이라 기숙사생활하는 내 방에

강의 들으러 오는 요일이면 들렀다 가던 최 교수.

올 때마다 학문적인 관심사를 열렬히 …

그런데 새로 올 적마다 달라지는 생각과 지식!

일일신(日日新) 우일신(又日新)

나날이 새롭고, 또 날로 새롭다더니 …

괄목상대라는 고사성어

생생하게 보여준 사람.

서예 작품

언젠가 대학원 선배인 중관 황재국 선생님이 글씨를 써주셨습
니다.

일중 김충현 선생한테 호를 물려받을 정도로 글씨가 좋은 분.

좋아하는 성경 구절 대라더니, 어느 날 써 오셨지요.

표구점에 맡기려 펼쳐보다 놀란 사실.

그림 그리는 분들이 밑그림 그리듯

화선지를 글자 수에 맞춰 여러 번 접은 후

연필로 칸을 긋고 나서 붓을 들어 글씨 쓴 흔적이 역력!

미처 지워지지 않은 연필 자국들 …

그때서야 알았지요.

대가들도 쓱싹 붓을 들어 쓰는 게 아니라는 걸.

한 자 한 자 균형 잡아가며 공들여 쓴다는 걸

나중에 들어보니,

성경 말씀과 비문만 그렇게 조심조심 …

예술작품은 대범하게 쓴다네요.

talk ••• **원연희 님**
네 황교수님 존경스런 분이시죠~~^^

정광영 님 ••• talk
정말 세상은 날로 먹는 게 없는 것 같습니다.

talk ••• **한홍순 님**
아~ 대가들은 편하게 휘리릭 쓰는 줄 알았습니다~

배영동 님 ••• talk
대가는 그 방면의 감이 더 앞서고 예리하다는 점이 다르겠죠.
완성도를 높이기 위한 노력은 모든 사람이 다 해야 하는 법이겠지요.

talk ••• **안동준 님**
경지에 오른 글씨를 얻어 축하합니다.

조정래 님 ••• talk
와! 글에 힘이 실려 있네요. 멋집니다.

그런즉 너희가 먹든지 마시든지 무엇을 하든지 다 하나님의 榮光을 爲하여 하라

고린도전서 第十章 二十一節을 李福揆先生께 써드리다 黃在國

정추 선생

카자흐스탄 알마티에서 만난 고려인 원로음악가
정추 선생님.
북한에 살다 모스크바 유학 갔다 망명한 분.
보신탕인지 한식집 모시고 가 음식 대접.
아주 맛있게 드시고,
남은 음식도 포장시켜 들고 가시면서 하신 말씀.

"집에서는 이런 음식 못 먹어."

알고 보니 러시아 여성과 결혼한 몸.
평생 집에서는 한식 못 얻어 잡숴다는 말씀.
외국인과 결혼하는 것.
문화적인 차이가 얼마나 심각한지 생생히 목격한 그 장면.

talk ●●● **배영동 님**

식습관이란 게 참 무섭죠.

그리고 그것에 맞는 음식을 먹으면서 추억, 고향, 어머니, 가족을 생각하는 거죠.

타국에서는, 더구나 외국인과 사는 사람이이라면 말할 나위가 없죠.

생존의 원천인 음식이 습관화되면 그 음식을 먹는 사람들과 비로소 한 집단이 되겠죠.

김창진 님 ●●● talk

국제결혼. 언어를 비롯해 음식 등 차이를 이겨내고 같이 산다는 게 대단해요. 같은 한국인끼리도 헤어지는 게 얼마나 많은데.

talk ●●● **이동준 선생님**

미국 캔서스대 E. 캔더 교수는 평생 한식으로 건강 유지하는 듯.

여기 유학왔다가 한국여성과 혼인~. 과천 와서도 그저 한식.

황순원 선생님의 앉은뱅이 책상

소설가 황순원 선생님 댁에 세배 갔을 때.

서재 앞을 지나치다 살짝 들어가 훔쳐본

집필용 앉은뱅이 책상.

정갈하게 펼쳐진 원고지에 새까맣게 깔린 교정의 자취들 …

원 세상에!

환갑도 넘은 노작가가 ……

군말 전무한 〈소나기〉도 이런 산통 끝에 나왔으리.

선생님 돌아가신 후 세워진 양평의 황순원문학관과 소나기마을.

그 기념문학관 방문했을 때, 내 눈에 가장 먼저 띈 것도

육필원고들이었죠.

유일한 산문집인 〈말과 삶과 자유〉 서두 부분의 초벌원고.

대학노트에 빼곡히 적은 그 원고는 어찌나 수정을 많이 했는지,

우리가 봐서는 도무지,

그 순서가 어떤지 알기 어려울 정도.

원 세상에!

소설도 시도 아니고,

수필을 쓰시면서 그리 수정하고 또 수정하셨다니 …

정년하고 나서 70세 정도에 쓰신 글일 텐데,

저명 소설가가 수필 한 편에 그렇게 공을 들이셨다니 …

플로베르의 일물일어설처럼,

한마디 한마디가 적재적소에 놓이게 하려고 했던 정신을 느꼈습
니다.

천재의 기억력

이 시대 천재 중의 한 분.
서울대 명예교수 조동일 선생님.
5개국 말을 아시는 데다 단독 저서만 80종.

기억 능력을 누가 묻자 이리 대답했다죠.
"사람 기억하는 능력은 최저 수준."
그 연구실 조교도 나중에 학계에서 못 알아보고,
처음 뵙겠다며 인사했다죠.
그러면서 덧붙인 말이 인상적.
"그런데, 읽은 논문과 책 내용은 다 기억해요.
논문과 책 내용이 머리를 온통 차지하고 있어
다른 무엇이 비집고 들어서기 어려워요."

천재 …
오직 한 가지만 생각하는 사람?

talk ••• **신윤승 님**
관심이 어느 한곳으로 몰려 있는 사람…^^

이동준 선생님 ••• talk
치과의사는 얼굴은 몰라도 입 속 치아는 잘 알고 있다지요?

talk ••• **김창진 님**
그렇구나. 선택과 집중에 탁월하시네. 몰입의 경지.
그래서 교수 외의 모든 건 안 맡으시고. 존경스러운 선생님.
진정한 학자의 본보기시죠.

꽃다발은

어느 분이 상 받는다며 초청장 보냈기에
성균관대 이동준 명예교수께 여쭸죠.

"어떤 선물 준비해 가야 하나요?"
"수상식엔 별로 안 가서 모르지만,
누구 축하할 때 꽃다발은 안 가져가요. 나는 그래요"
"왜요?"
"꺾는 건 해치는 거잖아요.
차라리 화분은 가져가도 꽃다발은 …"

난생 처음 들어본 말씀.
'친족과 나 = 동기(同氣)',
'남과 나 = 동류(同類)',
'사물과 나 = 동생(同生)'
유교에서 이렇게 여긴다는 것
언젠가 서울대 금장태 선생님 책에서 읽었는데,
이제 보니 그대로 살고 계신 분.

talk ••• **신윤승 님**
아~ 그런 관점으로는 저도 처음.. 축하 자리에 꽃 받으면 좋았는데. ^^

김기서 님 ••• talk
일본에선 병원 입원환자 병문안 갈 때, 화분은 금기. 화분 식물에는 뿌리가 있기에 병원
에서 퇴원하지 못하고 오래도록 뿌리를 내리는 것이 연상된다나.

talk ••• **박교순 님**
실천하시는 분 멋지시네요!!!
그래서 옛날엔 불교예식 때 지화를 쓴 거에요.

50만 원으로

월수입 50만 원으로 가족도 부양하며 지내온 분.
환갑에 야간 밥존스신학교 다닐 때 만난 추연수 목사님.
참 맑은 분.
신학교 다닐 때 더러 따로 만나며 확인한 비결 몇 가지.

1. 카드 만들지 않기.
2. 도처의 저렴한 식당과 가게 위치 알기.
3. 공짜폰으로 와이파이(wifi) 지역에서만.
4. 웬만한 거리는 걸어다니기.
5. 하나님이 돌봐주시는 걸 기억하기.

'자족'을 깨우치려 내려온 천사인지도 모르겠습니다.

talk ●●● **추연수 목사님**
꽃은 가까이 가서 볼수록 아름답지만
사람은 조금 멀리서 봐야
예쁘지 않을까 싶네요.
다가가서 속속들이 들여다보면
그렇지 않을 수도 있지요. ^^

권순긍 님 ●●● talk
그래요. 요즘 너무 돈이 넘쳐납니다. 아파트 가격은 20~30억이 우습게 천정부지로
치솟고 거리에는 외제차가 흔하게 굴러다니고, 공무원들은 땅투기에 혈안이 되어 있으
니 몇 억이 얼마 안 되는 느낌도 듭니다. 왜 세상이 이렇게 됐죠? '가난하게 살기 운동'
을 벌여야겠습니다.
안동의 낡은 집에 사셨던 동화작가 권정생 선생님이 생각납니다. 평생 허름한 데서
지내면서 인세는 모두 가난한 이웃을 돕는 데 쓰셨죠. 그러면서 당신의 삶을 만족해하
셨습니다.

talk ●●● **송찬구 님**
그분이 천사라면 나는 소비의 악마다!!! … ㅠ ㅎ

박수진 님 ●●● talk
많이 버는 것보다 어떻게 쓰느냐가 중요하더라구요.

80이 돼서야

"이제야 텍스트가 보여요."
80이 내일 모레인 이화여대 국문과 이혜순 선생님이
어느 분 문상 자리에서 하신 말씀.

그 말씀을 듣고, 오래 살고픈 생각이 들었습니다
아직 흐릿하기만 한 내 눈앞의 글들.
커피 마시는 시간도 아까워 책을 놓지 않으신다는 이 선생님도
80 가까워서야 보인다는데 …

talk ●●● **임중기 님**

인생은 60부터라는 말이 있습니다만 역시 저 자신이 60이 되니
그 말뜻을 알 것 같았습니다.
곧 60이면 아이들도 다 결혼을 하고, 자신이 경제적으로도 또는 그 외 모든 면에서
어느 정도 결실기에 와 있어
새로운 세계를 볼 수 있는 것으로 생각이 되었습니다.

교원업적평가

옛날에는 없다가 생긴 제도 가운데 하나.

교원업적평가

정기적으로 교수들의 업적을 평가합니다.

교육, 연구, 봉사 … 이 세 가지 업적 평가.

이 가운데 제일 중요한 게 연구업적(논문과 책).

재임용, 승진에 반영합니다.

한번 교수는 영원한 교수?

천만에! 더 이상 철밥통 아닙니다.

연구가 적성 아닌 사람은 평생 스트레스.

업적 부족으로, 중도에 재임용 탈락하기도 합니다.

지난 6년간의 내 업적 …

일생 마지막인 평가 결과 통보.

"충족", "대체인정 종합평점 상회"

내용을 보니 많이 남습니다(특히 연구는 5배). ^^

그간 항상 넘쳤습니다. 모두 은사님 덕택.

학부의 최운식 선생님, 대학원의 김태곤 선생님

귀에 못이 박히게 강조하셨죠. 몸소 실천하시면서.

"학자는 업적으로만 말한다."

"무조건 1년에 한 편은 써야 한다."

그 가르침대로 했더니,

어떤 때는 자료 소개 포함 10여 편도 …^^

선생님 복, 학자의 가장 큰 복입니다.

talk ••• 최온식 은사님
가르치는 일, 연구하는 일은 꼭 해야 하는 일이나 쉽지 않은 일.

그 일을 잘 해낸 것 축하해요.
내 말을 유념하였다니 고맙소.
힘들고 괴로운 학문의 길을 흔들림 없이 걷는 모습 장하고 자랑스럽소.

김명자 님 ••• talk
남강 김태곤 선생님이 늘 이 선생님 칭찬을 하셨어요. 아키패턴 이론, 이복규 선생은 바로 정확하게 이해한다고. 이 선생님 석사논문 고소설의 환원체계? 칭찬 귀가 닳도록 들었어요.

talk ••• 김명석 님
때마침 저도 학교에서 업적평가입력 요청메일 받아서 공감 두배!!! 정년 앞두고 평생 정진하신 모습 존경하고 아울러 그 공을 은사님들께 돌리시는 것에도 놀랐습니다.

사람 좋다고

박사과정 때 함께 공부했던 최상은 교수,

인간성 좋기로 소문났던 그 동학.

국문학계 석학인 지도교수 면담하러 갔더니

무슨 말 끝에 그러시더라죠.

"사람 좋다고 논문도 좋은 것은 아닐세."

엊그제 아카데미 4관왕 봉준호 감독도 비슷한 이야기.

"일단 기본적으로 인간관계가 안 좋아야 해요.

 연인, 친구들과 시간 많이 보내는 사람은 덕후가 되기 어려워

요."(덕후 : 한 분야에 열중하는 사람을 뜻하는 일본어 '오타쿠'의

한국식 표현)

실력과 인간관계는 별개.

그런데 듣자니 봉 감독은 인간관계도 좋다죠? ^^

talk ●●● **조동일 은사님**
기억해 주어 고마워.

최상은 님 ●●● talk
뼈아프지만 늘 되뇌는 추억을 소환해 주시네요. 논문쓰기도 어렵지만 젤 어려운 게
인간관계더라구요.

talk ●●● **남궁양 님**
두 마리 토끼를 다 잡을 수는 없겠죠.
봉 감독님은 한 마리씩 시간 차로 잡은 듯이 보입니다.

김신연 님 ●●● talk
실력이 좋으면 인간성 별로이어도 주변에 인재들이 구름같이 몰려들지요. ㅎㅎ
어느 정도 경지에 오르면 깨우쳐서인지 인간성도 좋아지더라구요. 우리 조동일 선생님
처럼요.

talk ●●● **박미례 님**
ㅎㅎ 같이 일하는 사람들과 즐겁게 노는 거죠?
그게 만남의 윤리~~ 우정~~

강석우 님 ●●● talk
다른 건 몰라도 술 좋아하는 사람이 무언가를 잘하기는 힘든 것 같습니다.

talk ●●● **배영동 님**
석학의 말씀이 명언이긴 합니다.
그렇다고 사람 좋으면 좋은 연구 못한다는 것도 아닙니다.
천재는 악필이라는 말이 있습죠. 그럼 바보도 악필입니다.

이상협 님 ●●● talk
실력도 인간관계도 양면성이 모두 좋으면 금상첨화겠지요.
저도 상담하면서 돈보다 인간성 좋다는 말을 들으려 항상 정성껏 상담에 임하고 있습
니다.

자료 없다는 말은

"자료 없다는 말은 거짓말입디다."

고 황패강 선생님이 박사과정 수업에서 하신 말씀.

소싯적에 서초동 국립중앙도서관 단골로 드나들며

고문헌들 열람해 연구했다는 분.

자료가 없는 게 아니라 찾으려는 마음이 없다는 일침의 말씀.

맞습니다. 지금은 더 그렇습니다.

온라인으로도 제공되는 각종 논문과 책과 고문헌 원문 서비스들.

복사 신청하면 배달까지 …

이런 세상에 연구 안 하는 건 죄. 직무유기.

특정인의 유튜브 가짜뉴스만 보고 현혹되는 것도 죄.

정보화 선진국 대한민국.

오프라인 온라인의 널린 자료들 …

골고루 보면 스스로 진실 알 수 있는 세상.

자료 없어서 몰랐다는 핑계 댈 수 없는 요즘.

4

직장(시간강사·서경대) 시절의 만남 :
어떤 청소반장님

조정래 교수

1988년
같은 해 임용되어 30년 넘게 지내다 먼저 은퇴한
조정래 교수.
소설가와 이름이 같아 때때로 해프닝 벌어지는 분.

나이(2년 연상)
출신 지역
가정 형편
출신 학교
전공과 종교 …

모두 다르지만 참 가깝게 지냈죠.
30년 세월 거의 매일 점심 함께 먹은 사이.
이런 얘기 저런 얘기 하도 많이 나눠
얼굴은 모르지만 그 자녀의 이름과 행적도 소상히 압니다.
우리 둘이 하도 붙어 다녀, 언젠가 이공대 박태룡 교수 왈.
두 사람 혹시 사귀는 것 아니냐고. ㅎㅎㅎ

talk •••• **조정래 님**
30년, 많은 것을 겪으며 함께했지요. 저에게도 복이었습니다.

박태룡 님 •••• talk
참으로 두 분이서 잘 어울리셨던 것 같습니다.
다른 듯 닮은꼴이었어요.

talk •••• **전윤혜 님**
사립학교의 장점이자 단점
그 사람을 계속 쭉 봐야 한다는 것. ㅠ
교무실서 서로 인사도 안 하고 지나치는 분들도…
예전엔 아주 친하다가…

김선균 님 •••• talk
조정래 선생님, 참 성격 좋은 분이셨죠.
선생님만큼 학생들에게 인기도 많았구요.

어떤 청소반장님

내가 대학생일 적부터

교수로 일하는 지금까지 40년 넘게

우리 대학 청소반장으로 일하는 분.

진즉 정년퇴직하고서도 학교에서 붙들어

촉탁이지만 여전히 반장으로 계신 분.

가끔 보면 그분의 시선은 늘 바닥에 있습니다.

어디 쓰레기 떨어진 건 없나 더러운 데는 없나 살피시는 거죠.

가만히 보면 휘하의 청소부 아줌마들한테도 늘 친절.

반장이지만 함께, 아니 더 부지런히 쓸고 닦고 계십니다.

언젠가 점심이라도 모시려 했지만

아줌마들과 함께 해야 한다며 사양하셨죠.

한국판 성자가 된 청소부.

우리 학교에서 내가 최고로 존경하며 닮고 싶은 분.

윤석신 반장님.

talk ●●● **정종기 님**

어떤 일이든 지성(至誠)으로 하면 그것이 하나의 도(道)를 이룬다고 봅니다.
청소도 예외일 수 없지요.

노연주 님 ●●● talk

주변에 이런 분 계셔서 살아갈 맛이 나지요.
향기로운 삶.

talk ●●● **홍성주 님**

민초가 있기에 나라가 있듯 …
우리 사회는 묵묵히 일하는 사람들이 있기에 굴러가나니 ……
지기 일을 천직으로 알고 일하는 애국자들!
그들이 대우받는 사회건설이 우리들의 목표!

어떤 운전기사님

우리 대학 총장 운전기사님

내가 대학생인 1975년부터

교수인 지금까지 40년 넘도록

여전히 총장 차를 운전하는 분 이형국 기사님.

이화학당에서 삼문학원, 명지학원을 거쳐

지금의 새 재단으로 법인이 바뀌고

방 학장, 조 학장대리, 김 학장, 황 학장 등을 지나

현재 최 총장에 이르기까지 열도 더 넘도록 총장이 교체되어도

그 승용차의 기사는 요지부동 이분 …

정년퇴직하고 나서도 여전히 총장 차를 몰고 계십니다.

아마 기네스북에 오를지도 모르는 분 …

어찌 그럴 수 있나 싶어 언젠가 누구한테 물었습니다.

운전도 부드럽지만

입이 무겁단다 어떤 말을 들어도 옮기지 않는답니다.

언제나 잔잔한 미소로 내게도 인사하는 그분.

내게 그분은 운전기사가 아닙니다.

운전대를 잡고 있는 묵언 수도사이거나 성자입니다.

talk ••• **조방익 님**
이런 분이 계셨군요. 총장이 10번 넘게 바뀌고 재단이 3번 바뀌었는데도
말 옮기는 것 대신 빙긋이 웃어주며 자신에게 맡겨진 일을 이제껏 하신다니 …
오늘, 참 성자 한 분을 가슴에 모십니다! 감사!

송찬구 님 ••• talk
개인 기사는 입이 무거운 사람이 최고의 기사라는데 이분이야말로 묵언의 성직자이신
가 보네요 … 그러기 쉽지 않은 일인데 …입이 무겁다고 기사로서 다는 아닐 텐데 인간
성과 정감이 겸한 사람이신 듯 …

요행히

대학원 다닐 때 읽은 석사논문.

우암 송시열의 직(直)사상을 연구한 곽신환 선생의 논문이었죠.

환진갑 다 지난 지금까지도 뇌리에 박힌 구절 하나.

"사람이 곧지 않은데도 아무렇지 않은 것은

요행히 화를 모면하고 있는 것일 따름…"

얼마나 무서운 말인가?

바르게 살지 않아 벌써 천벌을 받았어야 마땅하건만

요행히도 아직 잠시 무사할 뿐…

언제든 천벌 받을 수 있다는 말…

까불지 말아야지…

그후 숭실대 철학과에 근무하다 은퇴한 주역 연구자 곽신환 선생님.

연구원 선배인 이분.

정말 꼿꼿한 이미지 지닌 분.

'직(直)'사상 연구해서 그렇게 된 것인지

꼿꼿한 분이라 직(直)사상을 연구한 것인지 잘 모르겠습니다.

그것이 알고 싶다. ^^

견오백 지천년(絹五百紙千年)

전통회화에서 그림 수명 나타내는 말.

"견오백 지천년(絹五百紙千年)."

비단그림은 5백 년, 종이그림은 1천 년 간다는 뜻.

비단에 그린 고려시대 불화

800년 지난 지금까지 남아 있는 건 특별한 비밀.

최근 고려불화 〈수월관음도〉를 5년 만에 복원,

후속으로 33관음도 동일 기법으로 제작한 우리 대학

박미례 교수.

전시장에서 그 비밀을 알려줍니다.

비단 그림의 제작 기법 …

비단 뒷면에 무려 7번에 걸쳐 색칠하고(배채)

다시 앞에서 3번 더 칠하기.

피부는 금니(황금)로 채색한 후 상호(얼굴) 표현하고

가사(옷)에 금선으로 문양 넣으면 비로소 완성.

오랜 인고의 시간이 필요한 과정이랍니다.

인생은 짧고 예술은 길다 …
이래서 그런 듯. ^^

한 사람쯤은

지난 학기 비대면강의,

시간마다 보고서를 이메일로 받았다는 이공대학

류귀열 교수.

극히 일부 학생은 고마워했지만

전반적인 강의평가 점수는 많이 내려갔다네요.

"강의평가 점수 위해 과제 좀 줄이시죠."

그랬더니 하는 말.

"아뇨. 학생들의 실력 향상 위해서는 계속…"

소신파 그 교수한테 해 준 말.

"네. 한 사람쯤은 선생님같은 교수도 있어야죠."^^

talk •••• **구자천 님**

한 서너분은 돼야~~ㅎㅎ
집단 내부에 소신파(꼴통)가 3% 이상은 되어야~~
비리가 판을 못칩니다
혼자면 왕따~~ㅉㅉ

전진주 님 •••• talk

저도 저분처럼 소신있는 사람이 되고 싶은 글귀네요~~^^

talk •••• **나윤찬 님**

맞아요~~학생을 위하는 참 선생님^~^

남궁양 님 •••• talk

소신은 열정을 바탕으로 세워진다고 믿습니다^^

talk •••• **남궁인숙 님**

지난학기 제 친구도 빡세게 열심히 강의한 덕에 강의평가 최하위받았다네요~^^

하순철 님 •••• talk

공부 많이 시키면 강의평가 점수 하락하는 역설, 교수님들 갈등이 많겠습니다.

talk •••• **양완욱 님**

그렇습니다 .
저도 이틀에 한번씩 시험을 통해 실력을 올려주시던 학부시절 교수님이 생각납니다!

최윤규 선생님

우리 학교에 계시다 은퇴해 얼마 전 작고하신 분.

경영학 전공이라 나와는 달라도 존경했던 선배님.

명석한 두뇌와 판단력과 자상한 품성에 독실한 신앙.

청와대 아무개 뺨칠 메모광.

건강했다면 분명 큰일 하셨을 분인데

박사논문 쓰다 얻은 간염으로 평생 서울대병원 출입하신 분.

택시운송업 경영 실태 조사해 대안 마련하는 그 학위논문 작업.

대충 대충은 절대 못하는 그 성격,

한겨울 택시기사들 움직이는 새벽에 나가

댓바람 맞으며 인터뷰하느라 그만 잃은 건강.

그래도 섭생 잘해 가정도 지키고 정년도 채워 80까지 살다 가신

분(그 아드님이 영재교육 권위 성균관대 최인수 교수).

평소의 지론대로

병이란 놈을 친구처럼 달래가며 지내다 함께 떠나신 분.

얻은 게 있으면 잃는 것도 있는 세상일

운명을 낳는 성격과 습관

병약해도 몸 간수 잘해 달려갈 길 완주하기 …

talk ••• **최인수 님**
아버님에 대해서 쓰신 글
읽고 또 읽었습니다.
제가 잘 모르는 부분까지 말씀해 주셔서
아버님에 대한 사모의 정이 더욱 깊어집니다.
감사합니다.

조방익 님 ••• talk
네, 그분 생각이 나네요
시온교회에서 함께 식사도 하고 …
아들 전임 걱정도 하셨는데 성대 교수로군요

talk ••• **김상한 님**
재물을 잃으면 조금 잃는 것이요
명예를 잃으면 많이 잃는 것이요
건강을 잃으면 전부 잃는 것이다.

김기서 님 ••• talk
벌이 수명을 다 하는 것은 피로가 누적되어서랍니다. 모든 일에 너무 무리하지 않기. 얻는 것과 잃는 것을 저울질하며 살기가 쉽지는 않지만 몸이 쉬라할 때는 욕심을 포기할 것.

talk ••• **김용선 님**
골골팔십의 일석 이희승 선생님 떠오릅니다,

이가온 님 ••• talk
큰 사고 없이 꾸준히 성실하고 건강하게 인생을 완주한다는 게 참 어려운 것 같습니다.ㅠㅠ

talk ••• **김미향 님**
현명하신 분이네요. 병과 친구되어 달래가며 산다는 것.
잔병이 많은 저로서는 오래전부터의 삶의 철학입니다.

첫눈에

"하늘이 장차 이 사람에게 큰 소임을 내리려 하면,

반드시 먼저 그 마음을 괴롭게 하고,

그 살과 뼈를 고달프게 하며,

그 신체와 피부를 말라붙게 하고, 그 몸을 궁핍하게 하며,

그 사람이 하는 일마다 잘못되고 어지럽게 한다.

이는 마음을 분발시키고 성격을 강인하게 함으로써,

그 부족한 능력을 키워주려고 그런 것이다."

《맹자》〈고자장〉의 한 구절을 여원구 선생께서 붓으로 쓴 작품.

비대면 강의 녹화 도와주러,

마스크 쓰고 방문한 우리 대학 백송종 교수

창문에 붙여놓은 이걸 보자마자,

"앗!"

소리와 함께 한동안 꼼짝 않습니다.

첫눈에 반해 눈을 떼지 못한 것.

어제 백 교수께 선물했습니다.

나보다 더 아낄 분 방에 오래 걸려 있으라고 …^^

talk ••• **백송종 님**

어제는 너무 큰 선물을 받고 감사의 말씀이 부족했습니다.
여원구 선생님의 글씨를 본 순간
맹자의 글에는 깊이가 있고,
여원구 선생님의 글씨에는 힘이 있음이 느껴졌습니다.
글씨를 볼수록 단아한 듯, 획을 절제한 듯, 그러면서도 아주 단단한 운필이 느껴졌습니다.
귀한 선물 감사합니다.
하루에 한 번씩 바라보겠습니다.
그런데 밑에 교수님께서 붙여주신 노란 메모의 필체는 아주 수줍은 문인의 글씨체입니다.
그렇게 모여 모두 한 작품이 되어 버렸습니다.
그래서 노란 메모는 이제 떼지 못합니다. 거듭 감사드립니다.

안동준 님 ••• talk

구당 선생의 작품이라도 "앗"하
면 손에 넣을 수 있군요^^

talk ••• **이종건 님**

맹자의 그 말씀 제가 처음 들은
것은, 교통사고로 입원해 있을
때, 권우 홍찬유 선생님께서 문
병 오셔서, 누워있는 저에게 위
로해 주신 말씀입니다 ….

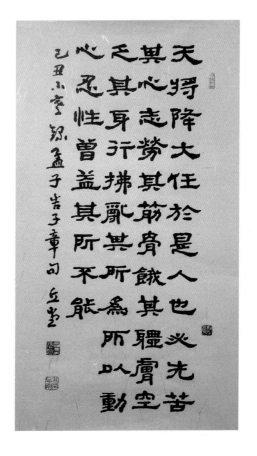

표절률 0%

"표절률은 0%."

이번에 심사 완료한 우리 대학원 동양학과 박사논문.

송병섭 선생의 '남녀궁합 적합도 진단법' 연구 논문.

『자평진전(子平眞詮)』의 궁합론(宮合論)을 통한 남녀 적합성 진단방법에 관한 연구

표절률 확인 결과, 0% …

놀라워라!

100% 독창.

연구재단에서는 30% 이하면 합격, 보통 10% 수준.

표절률 0%는 거의 없는 일.

그간 궁합 관련 논문 많건만,

어떻게 썼기에 표절률 0%?

새 이론을 최초로 적용했기 때문!

궁합 믿고 안 믿고를 떠나 …

이런 논문 만나다니 …

교수 말년의 보람입니다.

talk ●●● **김성수 님**
외부지도교수로서 이처럼 극찬의 심사평을 접하고서 큰 기쁨과 보람을 느낍니다.

권순긍 님 ●●● talk
그 0%에 교수님의 윤문이 큰 기여를 한 것 같습니다. 조사만 바뀌어도 표절에 무관하니 말입니다.

talk ●●● **구자천 님**
이 논문을 진즉 읽었더라면 호랑이 마누라 피할 수 있었을까?
안타깝네~~ㅠㅠ

임동창 선생

시립대 시간강사 시절.

음악과 1학년생들에게 교양국어 강의하던 어느 날.

멍하니 창밖을 바라보질 않나 …

고개 숙인 채 뭔가 끄적이는 빡빡머리 남학생 하나.

내 나이 서른일 때라 즉석에서 나무랐죠.

그러는 거 아니라고 …

수업 후 권오만 은사님께 그 말씀드리자 하시는 말씀.

"그 학생 좀 특별한 사람이야.

우리 학교에서 특기자로 선발한

유명 작곡가이자 피아니스트야.

임동창이라고 … 몰라?"

알고 보니 이미 음악계의 총아이며 나이도 나와 동년배.

공부하다가도 악상 떠오르면 딴전피우며 몰입하던 사람.

내 35년 강의 경력에서 최고 괴짜 학생.

5

학계의 만남 :
잊어버려요

밥은 먹었는지

점심도 못 먹은 채 토론하러 달려간 비교민속학회 학술대회.

살그머니 뒷자리 앉자 다가와

식사는 하고 왔는지 살짝 물으시는 김신연 선생님.

강의하고 바로 왔다니까, 점심용 도시락 하나를 갖다 주십니다.

포장 비닐 잘 못 벗기자,

그것도 모르냐며 얼른 벗겨주고,

대충 계란말이 정도나 먹고 덮으려 하자,

밥도 먹으라고 까서 국과 함께 들이밀기.

마치 우리 누나들이 나 챙기듯.

한양여대 재직시 스승의 날 대통령 표창 받았다더니

필시 이렇게 봉사하며 사니 받았던 듯.

하기야 내 기억에도 학회 모일 적마다 차 대접은 거의 도맡았
지요.

자발적인 섬김.

아름다워라.

talk •••• **김혜경 님**
좋은 사람 곁에 좋은 분이 있죠.

배영동 님 •••• talk
그날 학회에 오셨군요. 내가 가기는 해도 바빠서 점심을 밖에서 먹느라 형님을 뵙지도
못했구만요. 이런 일이.
김신연 선생님은 여전히 천사십니다. 스스로 많은 복을 지어서 또한 많은 복을 나눠주
시는 천사십니다.

talk •••• **김기서 님**
아마도 누이 같은 마음을 전해준 그분은 감사의 화신.

곽신환 님 •••• talk
누나뻘?
오빠 소리는 못들으신 겨?

환승

언젠가 동국대에서 학술발표하고 지하철로 돌아오는 길.
동행인 성결대 김의정 교수와 이야기꽃을 피웠죠.
순창 설공찬전테마관 채울 아이디어가 화제.
내가 가진 아이디어들,
신나게 풀어놓았죠.
2호선으로 환승하려
을지로3가에서 내리자, 따라서 내리는 김 교수.
나와 같은 방향인가?
"댁이 어딘데 여기서…?"
"더 가야 하지만
선생님 말씀 더 들으려고요."

원 세상에!
동행한 사람 이야기 다 들어주려
일부러 차에서 내리다니…
이런 분은 난생 처음입니다.

재미 없어

대학원 때
고려대 김민수 선생님의 국어문법론 강의를 들었습니다.
자타가 공인하는 문법론의 대가.
종강 무렵
차 마시며 조심스레 여쭈었죠.
"선생님은 문법론이 재미 있어요?"
즉시 하신 대답.
"재미 없어."

도남 조윤제 선생이
독립운동 일환으로 국문학사 쓰셨다더니…
재미보다 사명감으로 학문하신 우리 선배들
존경스럽습니다.

걱정을 더해 드려

"퇴임 후 장서 걱정에 걱정을 더해 드려 송구하면서도
그동안의 관심과 배려에 조금이라도 감사하는 마음을 보냅니다."
부산외대 박경수 교수.
부산설화집이랑 자신의 최근 저서 한 보따리 내게 보내면서,
노랑 포스트잇에 메모해 넣은 문구.
시간강사 시절 먹고 살기 힘들 때 도와준 분.
한국학중앙연구원 연구원으로 있으면서 교정 일 많이 맡겼죠.
박사과정 시험 치를 때 경쟁관계였지만
늘 환한 미소와 함께 그렇게 호의 베푼 덕인.
나중에 알아보니 누구한테나 그렇다는 평판.
귀한 저서랑 보내면서 이런 메모 없은 경우는 난생 처음인 듯.
얼른 그 저서부터 읽어보니,
학술적인 문제의식과 필체는 날카로워라.
"가슴은 뜨겁게, 머리는 차갑게!"
캠브리지대 마샬 교수가 취임사에서 이렇게 말했다더니,
박 교수가 바로 이런 분.

유종호 선생님

언젠가 석학과 함께하는 인문학강의에서 들은
이대 영문과 명예교수 유종호 선생님의 연속강의.
'문학의 미래'를 주제로
그리스 비극 이야기를 많이 하셨죠.
그 가운데 잊히지 않는 한마디.

"내가 다시 태어난다면
그리스어를 배워서
원어로 그리스 비극을 읽고 싶어요."

그리스 비극을 영역본으로만 읽는 아쉬움 표현한 말씀.
원어로 읽어야만 진수를 안다는 것.
언젠가 〈구운몽〉 한문본 번역하며 감동 맛본 나로서
십분 공감하는 그 말씀.

아… 끝없는 학문의 길.

talk ••• **배영동 님**
고전 원전을 이해하려는 것은 음식의 재료 맛과 양념 맛과 솜씨를 함께 느끼려는 것에
비유할 수 있을 듯해요. 번역본은 이 가운데 한 가지라도 놓치고 있을 가능성이 있겠죠.
본질과 정수에 다가간다는 것은 양궁 선수가 과녁의 10점짜리 위치에만 화살을 쏘는
것과 같은 이치겠죠. 적중과 적확을 향한 노력이 학문의 길과 다르지 않겠죠.

강석우 님 ••• talk
유종호 교수님의 시론을 오래 전에 읽었습니다. 그 중 기억에 남는 것 하나 박인환 시인
의 〈세월이 가면〉의 첫소절 "지금 그사람 이름은 잊었지만"을 허구라고 비판했죠.
사랑했던 사람의 이름은 절대 잊을 수 없다고…

talk ••• **김재광 님**
제가 잘 아는 분입니다.
저희 집사람의 부친이시죠.^^

이동준 님 ••• talk
육십여년 전에 들은 말씀, 독일 어느 분.
나이 육십이 되어 그리스어를 배우기 시작하여
구십에 신약성서를 독어판으로 다시 번역하였네요.

여기 태국입니다

원로 국어학자 홍윤표 선생님.

엊그제 '하나님'이란 용어의 어원이 무엇인지 통화해, 의견 들었죠.

'하늘'에서 온 것이지, '하나'와는 무관…

'하늘'과 '하나'의 고어 표기 자체가 달랐음

〔아래아 위치를 다르게 찍어 구분. 하ᄂᆞᆯ(天)/ᄒᆞ나(一)〕.

나중에 아래아 표기 안 쓰자

기독교계에서 '하나'라는 의미 덧붙인 것.

전화 끊을 때 인사드렸죠.

"코로나 조심하세요."

그러자 대뜸 하시는 말씀.

"여기 태국입니다. 방콕."

연구만 하시는 줄 알았더니,

유머도 하시는 분. ^^

talk ●●● **배영동 님**
중요한 발견이시군요. 하나님은 하늘을 절대적인 존재로 숭배하는 말.

원연희 님 ●●● talk
하느님과 하나님의 차이를 알면서도 애국가 부를 때와 성당에 갔을 때 한번씩은 되새기게 되더군요. 우리말 잘 사용하기도 늘 정신차려야 하네요.^^

talk ●●● **권성로 님**
유머 섞으며 유연하게 살아요.
곧은 나무가 먼저 베어진다잖아요.

문창실 님 ●●● talk
저도 깜빡 속았네요.^^
무의식적으로 듣고 쓰던 '하나님' …
말씀 듣고 나니 '하나'와 '하늘'은 완전 다른 말이었다는 사실에 정신이 버쩍 듭니다.~^^

talk ●●● **권대광 님**
하나님이 토엔(天)의 국역이 아니었군요. 처음 알았습니다.
그러고 보니 저도 태국이군요.

이종건 님 ●●● talk
아래 아자의 위치에 따라서 생긴 말이네요. … 저는 그저 하나의 뜻만 나타낸 말인 줄만 알았어요. .

조용진 교수의 착각

레오나르드 다빈치를 자신의 롤 모델로 삼았다는
얼굴박사 조용진 전 서울교대 교수.
다빈치가 40년 동안 79구의 시신을 해부해
그리도 살아 움직이는 것처럼 사람이며 말이며
잘 그렸다는 말 들은 대학 시절의 조 교수.
'나는 그보다 더 많이 해부해야지 ….'
이렇게 작심
홍대 미대 졸업 후 가톨릭의대 들어가
7년간 인체해부 배우며 열심히 시신 해부.

마침내 79구를 넘어섰는데
나중에 알고 보니 다빈치는 겨우 30구만 해부했다더라지요.
그래서 억울했냐는 내 물음에 하는 말.
"아뇨! 잘 모르는 바람에 열심히 공부했어요.
안다고 반드시 좋은 결과를 얻는 것이 아니에요."

논문 많이 쓰는 비결

1년에 평균 3~4편씩 논문 쓰는 안외순 교수.

좀 게으르게 지내자 2편밖에 못 썼더라죠.

다시 평년 수준을 회복하려 선택한 방법.

학술대회에 발표하겠다고 미리 신청해 버리기.

그러면 약속 지키기 위해서라도 발표하고 토론 거쳐 완성.

이번에도 동학혁명 당시 집강소의 성격에 대해,

미리 신청 후 7개월간 씨름 끝에 정리해 발표했다네요.

내 경험으로도 가장 좋은 방법.

그냥 두면 게을러지는 게 인간인 듯.

자율성을 기본으로 해야 하겠지만

교육도 연구도 아니 세상만사.

일부러 얽어매 놓기도 해야 할 일.

내 보기에 연구를 즐기는 안 교수도 이럴진대….^^

talk ••• **부길만 님**
가장 좋은 방법은 논문쓰기를 취미로 만드는 일입니다.
취미와 직업을 일치시키는 사람이 최고 행복한 사람이겠지요.
그리고, 기분좋은 사람들과 기분좋은 관계를 맺으며 함께 일해 나갈 수 있다면 그 또한
행복이겠지요.
그 관계를 가족처럼 가까운 사이에서 또는 같은 직업군이나 같은 직장에서 맺을 수 있
다면 더욱 행복하겠지요.

한미숙 님 ••• talk
느슨해지니 아무것도 안하게 되더라구요~~

talk ••• **이성희 님**
ㅋㅋ~ 저는 교수님의 비결이 더 궁금해요~^^

이수진 님 ••• talk
일부러 얽어매놓기도 해야할 일. 밑줄 쫘악 …!

talk ••• **박연숙 님**
게으름이 본능이라네요 … ~^~^

남궁양 님 ••• talk
예전에 소설가 이외수 님이 컨테이너에 자신을 가두고
밥이 드나드는 창문을 작게 낸 뒤에 두문불출하던 모습이 떠오릅니다.

talk ••• **안상숙 님**
스스로를 달달달.

봉사

아침톡 종이책의 교정지

부길만 교수께 보냈죠.

출판학 권위자이기에 표지 디자인이랑 체재 봐 주길 바라 보낸 것.

며칠 후 만나 건넨 교정지 보고 감동.

본문 교정까지 … 그것도 나보다도 더 깨알같이.

3년 전, 어느 출판사 30년사 편찬위원으로 만나 가까워진 사이.

나보다 몇 살 연장.

지금 생각하니,

그때 편찬위원 수락했기에 만난 인연.

내 책 내도록 출판사에 추천해 주고

편집 아이디어에 깨알 교정까지 서비스.

역시 모든 봉사는 결국 나 돕기입니다. ^^

talk ●●● **문창실 님**
참 아름답고 끈끈한 정이 넘치는 관계입니다.~^^

이동준 님 ●●● talk
"네게서 나온 것 네게 돌아간다."고 하였죠.

talk ●●● **노연주 님**
저 학교 다닐 때 원고지에 써 낸 과제에 빨간펜 교정 깨알같이 해 주셨었는데 …
기억나세요?
온통 다 빨개서 엄청 부끄러웠던 기억이 새록 …
그 후 공부하기로 맘먹고~~ㅎㅎ감사합니다.

추임새 주례사

좋다
잘한다
그렇지
아무(암/음)(하/허)
어이(으이)

민속 공연예술 전공하는 정형호 선생님.
대화 끝에 주례사가 화제에 올라,
이야기 주례사를 한다고 자랑했더니
자신은 판소리의 추임새로 주례사를 했다고 합니다.
신랑 신부한테 6가지 추임새를 들려주면서
그렇게 추임새를 하면서 살아가라고 당부한다는 것.
기발하면서 공감이 가는 주례사였습니다.
'얼씨구, 좋다, 잘한다'는 주로 즐거울 때
'그렇지, 아무(암)'는 주로 슬플 때, 상대방 격려할 때
'어이'는 '응'처럼 긍정적인 대답으로 … ^^

잊어버려요

언젠가

내 논문 초고 자세히 읽고 의견 준 안동대 배영동 교수.

꼭 보완해야 할 점을 쪽집게처럼 조언.

탈고한 후,

각주에 그 사실 밝혔노라고 했더니 하는 말.

"빼세요."

그래서,

마음에만 고마움 담아두겠다고 하자 이어서 하는 말.

"마음에서도 자유로우세요."^^

talk ●●● **배영동 님**

ㅋㅋㅋ.ㅎㅎㅎ. 매사가 기록의 대상. 진정한 기록의 대가, 톡의 대가 이복규 교수!!! (최고) 잊으시라는 말씀을 폭넓게 오래 기억하게 만드시는 마음이 더 깊고 고맙습니다. 제 작은 의견에 여러 선생님들께서 금은보화로 장식을 하셔서 몸둘 바를 모르겠습니다. 그래도 오늘 몸과 마음이 가볍겠습니다.

윤금자 님 ●●● talk

생색내기 좋아하는 세상에서 참 드문 일…

talk ●●● **박정호 님**

감사는 바위에 새기고, 선행은 모래에 기억하라고 하던가요?

권혁래 님 ●●● talk

흔쾌히 선물을 주신 거네요. 다 그렇지는 않은 것 같습니다. 어떤 분은 자기가 해준 말을 각주로 밝히지 않았다고 말해서 깜짝 놀란 적이 있습니다. 저는 그 뒤로 가급적 각주로 밝히고 있습니다^^

중국인 담도경 선생

언젠가 학회에서 만난 화교학교 담도경 선생.
회식 자리에서,
집에서 가져온 술을 좌중에 돌리다가
문득 유창한 우리말로 하는 말.

"누가 선물로 준 것은 절대로 남한테 선물하지 않아요."

정성으로 준 것이니
반드시 직접 먹거나 이용해야 한다는 말.

talk ••• **담안유 님**
선친에 관한 에피소드이군요, 기억해주셔서 감사합니다.

정종기 님 ••• talk
한 바퀴 돌아서 출발점으로 오는 경우도 있지요.

talk ••• **김정훈 님**
헌책방에서 누군가에게 정성들여 증정사를 써 보낸 책들이, 준 분이나 받은 당사자가
버젓이 살아있는데도 나도는 것을 보면 참 기분이 이상합니다.

김영란 님 ••• talk
언젠가 선물속에 다른 사람 명함이 들어있는 것을 보았어요~^^
담도경 선생님 말씀이 맞는 거 같아요~^^

talk ••• **신은경 님**
예전에 어르신들께서 많이 하시던 말씀이에요.
정성들여 준 것이니 선물 받은 거 남주면 복 달아난다고.
남 선물 줄 땐 정성으로 새로 장만해서 하는 거라고요~^^

한성수 님 ••• talk
술 먹지 못하는 분이 하시는 말씀.
술 선물 받을 때가 가장 난처!

일평 선생님의 수택본

하도 많이 들춰보아 손때 묻어 반들반들한 책을 일컫는 말
수택본(手澤本).
한문 번역가 일평 조남권 선생님 댁에서 본 수택본 몇 가지.
《국조인물고》
치매 앓으시는 선생님 왈
"(조선시대) 잘난 사람들"에 대한 정보를 담은 책.
베개만 한 부피로 3책.
얼마나 자주 보셨는지 책등의 글자가 문드러져 겨우 알아볼 정도.
《한화대사전》(漢和大辭典 일명 '모르바시사전').
현재까지도 아직 필적할 책이 없다는 한자한문 관련 백과사전.
10권도 더 되는 이 책 역시 표지가 해어져 새로 씌워 손으로
제목 적기.
국립국어원《표준한국어대사전》표지도 손때 묻은 흔적.
아 … 이래서 선생님 번역이 유난히 자세하고도 정확했던 것.
보고 또 보고 확인하고 또 확인하고 …
평생 그리시면서 마음도 윤이 나게 닦이셨던 걸까?
곱고 착하게 치매 앓으시는 우리 선생님.

talk •••• 윤금자 님
교수님 주위엔 유유상종이라고 참으로 귀감이 되는 분들이 유달리 많은 것 같네요.
교수님이 안주하지 않으시고 항상 열심히 사시는 비결인 듯 …

임일주 님 •••• talk
스승의 은~혜는 하늘 같아서~^^ 치매 아닌 맑은 정신이실 교수님의 미래 모습 같습니다.

talk •••• 배영동 님
마음이 짠해지는 이야기시네요. 조남권 선생님은 국립민속박물관의 번역서에서 존함
을 많이 봤는데, 평생 한학자로 생활하신 분이시군요.

김창진 님 •••• talk
아 그렇군요. 성실 그 자체시군요. 그렇게 공부하셨건만 치매는 못 피하시네요. 안타깝
네요.

talk •••• 남궁양 님
고운 선비님이 연상됩니다. 남산골 초가에 사셨다던….

하순철 님 •••• talk
이런 큰 학자도 치매라니, 병은 만인평등?

talk •••• 송찬구 님
아! 수택본이라는 게 그런 것이구나! … 우리네 삶도 그랬으면 !!! 교수님은 그럴텐데…

이광준 님 •••• talk
스승의 날에 특히 저의 스승님들을 생각나게 하네요. 스승님께 전화라도 드려야겠어
요. 사람도리 할 생각의 기회 주셔서 감사합니다.

이만열 선생님과 일기

국사편찬위원회 위원장 역임한 팔순의 이만열 선생님.
우리 교회 오서서 특강 중,
선교사들의 편지와 일기에 대해 얘기하다 하신 말씀.
"나는 지금도 매일 일기 써요.
힘들어요. 2시간쯤 걸리니까."
언젠가 동북3성 함께 답사하며 훔쳐본 선생님의 메모.
수첩에 현장 건물 모습까지 스케치.

매일 2시간씩!
매일 자기 검열하며 살고 계시다는 말씀.
일기 때문에 덕 본 일도 있답니다.
언젠가, 난데없이 날아온 교통신호 위반 벌금 통지서.
그날의 일기 들이대자,
현장에 없었다는 것 인정하더랍니다. ^^

물건마다 주인이

선문대 교수 가운데 가장 늦게 연구실 나선다는 박재연 교수.
전설적인 분이죠.
그 부모님이 늘 이렇게 말씀하셨다는 분.
"제발 우리 아들이 잠자는 걸 봤으면 좋겠어요."

사전 편찬 위해 사들인 문서와 고서 아주 많이 가진 분,
어느날, 한글제문 모두 복사해 가라기에 KTX 타고 달려갔죠.
라일락 향기 진동하는 인문대학 건물의 3층 중한번역문헌연구소.
짧은 것도 있지만, 어떤 것은 2미터 가까운 것도 …
밥이라도 사겠다니,
출처만 밝히라며, 소불고기 백반 먹여 보내는 인정.
언젠가 요청한 적 있지만,
그걸 기억했다 30여 점 넘는 제문 자료 통째로 제공할 줄이야 …
하도 궁금해서 묻자, 양 같은 얼굴에 미소 지으며 하는 말.
"물건마다 주인이 있어요.
주인이 눈독들이면 언젠가 주인한테 가고 말아요.
그러기 전에 보내는 것뿐이에요."

talk ●●● **김신연 님**
정년을 앞두고 있는 교수들이 이처럼 더욱 향기로워지지요. 그동안이 고마워서, 잘 대해주지 못해 미안해서 등등. 연구실 물건 달라고 하면 다 준답니다. 수백만 원짜리도요. ㅎㅎ

하순철 님 ●●● talk
춘향전에 물각유주라는 말이 있었죠.

talk ●●● **배영동 님**
와우!!!
선문대 박재연 교수님! 참으로 훌륭하시고 예수님 같은 연구자십니다. 그 분을 뵌 적이 없고 글 읽어 본 적 없는데, 오늘은 박 교수님 글이라도 좀 읽어봐야 하겠습니다.

김만호 님 ●●● talk
그래서 세상이 살 만한 것 아닌지 … ^^

talk ●●● **조완미 님**
진정한 교수님이시네요~

사육신 후손

동양빌딩 중림문화센터에서 열린

출판역사연구회와 교과서출판연구회 합동 학술발표.

우리나라 초기 소설의 출현과 유통에 대한 내 발표가 끝나자,

박원경 원장이 환하게 웃으며 하는 말.

"첫 소설 지은 김시습은 생육신이죠?

나는 사육신 중 한 분인 박팽년의 후손이라오."

단종 복위하려다 3대가 처형당했는데 웬 후손?

여자는 죽이지 않던 그 당시, 며느리가 임신 중이었고,

아들 낳으면 죽이라 했으나,

함께 출산한 여종의 딸과 바꿔 길러 살았다네요.

그러고 보니 언젠가 들었던 이야기 …

실제 후손을 만날 줄이야!

아울러 왜 '중림문화센터'라 했는지에 대해서도 알려줍니다.

박팽년과 함께 처형당한 그 아버지 이름이 '중림(仲林)' …

중림동(中林洞)의 '중림'이 아니었음!

명색이 국문학자인 내가 거듭 무색해진 자리였습니다.

공부 더 해야겠습니다.

talk ●●● **조현숙 님**

학자는 공부를 해도 해도 부족하고, 사업가는 돈을 벌어도 벌어도 부족하지요.
이쯤이면 되겠다 했는데, 또 다른 건으로 나를 부족하게 합니다.

배영동 님 ●●● talk

안동의 어떤 큰 종가 종부가 박팽년 선생 후손이라서 절손되지 않은 줄은 알았죠.
대전에서 근무할 때 학교 부근에 박팽년 선생 유허비가 있었죠.
그 이름만 들어도 간담이 서늘해지죠. 명분과 절의의 상징이신 사육신.

talk ●●● **안병걸 님**

그 자손들이 대구 아래 현풍에서 살았답니다.

심은 대로

한국음악평론가협회상을 수상한 중앙대 명예교수 전인평 선생님.
국악 작곡 겸 연구자.
답사 때 하시는 말씀.

"얼마 전 유네스코에서 심사위원으로 초청해 프랑스 다녀왔지요.
도대체 어떻게 나를 알고 불렀나 궁금했지요.
15년간 내가 주도해 만들어
세계 곳곳에 무료 배포한 영문판 한국음악 리뷰 때문이었어요.
읽은 외국학자들이 이구동성으로 나를 추천했대요 글쎄."

심은 대로 거둔다는 성경 말씀, 정말 진리.
은퇴한 지 9년이 흐른 노교수를 축하하러 자리 채운 하객들.
이것도 수상과 함께 선생님이 뿌린 선한 씨앗의 결과겠지요.

talk •••**전인평 선생님**
신기합니다.
제가 한 조그마한 일에 여러 사람들이 관심을 보였다는 사실에 조금은 어리둥절합니다
감~사 감사합니다.

강문수 님 •••talk
한국에 노벨문학상 수상 작가 없어 섭섭해하시는 분들.
이웃 일본과 중국은 이미 받았으니 더 쪽팔린다 하시겠죠.
전인평 선생님의 사례로도 알 수 있듯이, 외국인들이 우리를 알 수 있는 길은 바로 외국
어로 소개하기. 문학 작품도 번역해서 외국인도 우리 문학 읽을 기회주기~.
가와바타 야스나리가 〈설국〉으로 노벨상 받은 이유 중 결정적인 것이 원작을 능가하는
번역에 있었다죠.
번역가 대거 양성하고, 번역원 활성화, 번역도 교수 평가에 반영하고 등등~.
노벨문학상 낚고 싶다면 밑밥은 뿌려야죠~.

talk •••**김영수 님**
ㅋㅋㅋㅋ 수능 보는 친구들이 제일 싫어하는 말!
뿌린 대로 거두리라!

배영동 님 •••talk
참으로 아름다운 일입니다. 그리고 장한 일입니다. 한자성어 "적선지가 필유여경"이라
는 문구가 떠오릅니다. 하루아침에 이루어지는 일은 요행입니다.

talk •••**박래은 님**
👍 우리들은 무엇을 뿌리고 있을까요?
생각해보게 되는 아침글입니다.

김경숙 님 •••talk
전인평 선생님, 명성만큼이나 소리없이
나라를 위해 좋은 일을 해오셨군요.

사람이 중요하다

러시아에서 학위 받은 이건욱 박사.
언젠가 비교민속학회에서
러시아의 민속조사방법의 특징을 소개 …

러시아 대학원에서 공부할 때
과제물로 현지조사보고서를
우리식으로 충실히 작성해 제출했더니만
담당교수가 반려하더라죠.

"자네 보고서를 보니 그 사람을 주목하지 않았다.
그 사람이 제보할 때 뚫어져라 응시해 그 느낌까지
눈에 담아야 했건만 자네는 보다 말고 메모하기 바빴다.
그 순간 그 사람을 놓친 거다.
표정의 변화까지도 놓쳐선 안 된다.
통째로 관찰하고 나서
궁금한 건 나중에 물어가며 기록하는 것.
요컨대 민속보다 사람이 중요하다."

talk ●●● **강문수 님**

인문학의 기본은 결국 구체적 인간이겠죠.

러시아는 제법 긴 역사를 지니고, 다양한 소수민족으로 이루어진 다민족 국가이니까 먼저 인간의 차이, 상황의 차이, 진술 상황의 특수성에 주목할 필요가 있었던 것이 아닐까요?

미국은 백인의 역사가 짧으니까, 역사, 시간적 요소는 최소화하고 공시적으로 대상을 바라보는 미국식 구조주의 언어학이 발달했죠.

리처드 바크의 〈갈매기 조나단〉은 높이 날면 멀리 볼 수 있다고 생각하죠. 플라톤식 추상화, 일반화가 가능해집니다.

그러나, 낮게 날면 러시아 민속학식 구체적 관찰이 가능해지죠.

역사학자 'E.H.카'가 서대문 사거리의 교통사고를 연구할 때, "이번 주에 개똥이, 길동이, 영수가 차에 치었다."는 것을, "교통사고 주 3회" 하고 일반화하면, 개똥이의 고통, 길동이의 죽음이 사라진다고 했어요. 그들의 고통을 아우르는 세밀한 관찰과 연구가 필요하다 생각됩니다.

개 키우지 마라

연암 박지원을 냉철한 사람으로만 알았다는 간호윤 박사.

"개를 키우지 마라.
나중에 정 떼기 어려우니 … "

아들한테 했다는 이 한마디 때문에 새롭게 보기 시작했다네요.
석사도 박사도 연암 연구로 받고, 글쓰기도 강연도 …
16년 경력의 국어교사 그만둔 채 …
연암의 매력에 아주 푹 빠져 행복한 분.
연암 만나 인생이 바뀌고 계속
바뀌고 있다고 고백하는 분.

talk ●●● **강석우 님**
내 인생의 터닝 포인트!
교과서에서 읽은 로버트 프로스트의
<가지 않는 길(the road not taken)>을 만난 겁니다.

길지연 님 ●●● talk
간디는 동물을 대하는 태도를 보면 그 나라의 의식을 알 수 있다고
잘 살고 못 살고가 아닌
약자에 대한 시선.

talk ●●● **왕현철 님**
빠질 만하죠. 연암일기는 최고의 문장이죠.^^

한미숙 님 ●●● talk
개를 안 키워봐서 모르겠네요. 알레르기로 고생한 적이 있어서 …

talk ●●● **배영동 님**
대단한 통찰력을 가진 연암이시죠. 그런데 장가들기 전까지는 글을 몰랐다고 하더군
요. 17세 때부터 글을 배우기 시작했다던데요.
천부적인 재주를 타고난 사람은 늦게 배워도, 대성한다는 걸 잘 보여주는 인물이죠.

장은수 님 ●●● talk
이 분 작업 잘 보고 있습니다. 다양한 편집자랑 더 많이 작업하셨으면 좋겠습니다….

talk ●●● **이종건 님**
저는 연암께서 연경에 가셔서 약주 잡수신 사건에 깊이 빠졌어요 … ㅎㅎㅎ
작은 잔에 먹는 중국 사람들 보라고 사발에 따라 들이키신 사건 …
그 호탕함과 경쟁심 …ㅎㅎㅎ

구자천 님 ●●● talk
ㅎㅎ 무언가에 빠진다는 건
행운입니다~~^^

도둑질도 전공대로

입담 좋은 선문대 구사회 교수.
오랜만에 만나 보니 여전.
그간 입수한 자료들 자랑하기에,
혹 새로운 고소설 없냐니까 하는 말.

"나는 시가문학 전공이라 소설은 안 사요.
단, 이럴 땐 사요.
소설책이지만 뒷면에 시가작품 적혀 있으면 사요."

그러면서 들려주는 도둑 이야기.
보석 전공 절도범은 현금보다 보석을,
골동품 전문은 골동품만 챙긴다고.
이도 저도 아닌 놈은 현금만 챙긴다고.
물건 가져가 봐야 가짜인지 진짜인지 모르니. ㅎㅎㅎ
도둑질도 전공 지식 있어야 제대로 한다는 말.
아는 만큼 보인다. ^^

talk ●●● **박미례 님**
교수님 앞에서는 문학책을 조심해야겠네요.ㅋㅋㅋ

김영수 님 ●●● talk
크! 전문 도둑의 위엄!
모르는 게 약일 듯!

talk ●●● **김정훈 님**
여전히 유쾌하군요. 늘 한길만 가진 않지요. 간혹 외도도 하는 법이니.

남궁양 님 ●●● talk
알아야 돈이 되는 경우입니다^^

talk ●●● **송찬구 님**
진리! 아는 만큼 보이는 거 …

김상한 님 ●●● talk
여러 분야의 전문 도둑들이 팀을 결성하여 도둑질하는 영화를 본 기억이 나네요.

talk ●●● **김창진 님**
법률가들이 더 법을 잘 어기더군요. 아니까 피할 길도 알아서.

더덕 농사 폐농한 교수

은퇴 준비를 하는 숭실대 조규익 교수.

고전문학계에서 논문 많이 쓰기로 소문난 학자.

엊그제 만났더니 곧 닥칠 정년퇴직 준비 이야기.

공주 고덕골 산수 좋은 곳에 텃밭 사고 집 지어

은퇴 후 내려가 농사지을 계획.

연습할 겸 작년에 60만원어치 더덕을 심었으나 폐농했다네요.

자칭 서산 태안 농부의 아들로 농사에 뼈가 굵었다는 사람이

논문 쓰는 데서는 둘째가라면 서러워할 사람이

글쎄 한 뿌리도 못 건졌다네요.

가뭄 때문에 속절없이 그랬다네요.

더덕 나오면 고라니가 파먹을까봐

돈 들여 울타리도 야무지게 쳤다는데…^^

논문 쓰기보다 농사가 어렵다는 걸

내 힘과 의지로만으로 안되는 게 농사란 걸

절절히 깨달았겠지요? 아마.

6

교회·사회의 인연 :
고맙습니다

이준영 목사님

고교 졸업 후 상경한 이래 지금껏 다니고 있는 아현동 산성교회.

여기서 만난 이준영 목사님은 특별한 분입니다.

'행함이 있는 믿음'이라는 신약성경 〈야고보서〉의 표현과 '솔선수범'의 상징.

무슨 일이든 교인보다 먼저 더 많이 …

기도도 전도도 봉사도 더 많이 한 분.

거의 50년간 보고 들은 사연 몇 가지.

1. 개척 초기 … 지역 주민과의 동질감을 위해 일부러 고무신을 신고 다님.

2. 부흥집회 인도 사례금, 환자 치유 기도 사례금 등.
   모두 그 교회와 그 사람 이름으로 헌금하기.

3. 초기 목회생활 10년 동안, 고향의 부모님 모시고 잠 잔 일 딱 하루.
   그나마 교회일로 내려갔다가 기차가 없어 자고,
   첫차 타고 올라와 새벽예배 인도하기.

4. 부흥집회 인도 후 은혜 받은 사람들이 편지할 경우 일체 답장 하지 않기.

강사와 친밀하면 그 교회 목사와 소원해져 덕이 되지 않기 때문.

5. 생명이 위독한 사람 살리기 위해 목숨건 기도.

　차라리 내 수명 잘라가시고 그 사람 수명 연장해 주십시오 …

6. "사람한테 돈 달라고 하기보다(헌금 강요) 하나님께 말씀드
　리는 게 훨씬 빠르다."고 하시는 분.

7. "너희가 내 이름으로 귀신도 쫓아내고 무엇도 하였으나 …
　내가 너희를 도무지 알지 못하노라." 이런 내용의 성경말씀
　(마태복음 7장 22~23절)이 가장 두렵다고 하시는 분.

'족탈불급'이라고 하죠? 내 깜냥으로는 도저히 흉내 내기 어려운
목사님.

　이런 분 만나서 생긴 부작용도 있습니다.

　진짜 화폐 알면 가짜 화폐 보이듯, 웬만해서는 목사로 안 보여
탈입니다.

가볍게 뜨려고

카자흐스탄에 연구년 가 있을 때 만난 김정복 선생님.

초등학교 교사 명예퇴직하고, 현지인들에게 한국어 가르친 분.

그러면서 친해지면 성경도 가르치던 장로님.

비슷한 시기에 거기 간 사람들,

집이며 땅이며, 현지인 명의 빌려 부동산 투자해 재미들 봤다기

에 물었죠.

"알면서도, 왜 장로님은 사지 않으셔요?"

그러자 하는 말.

"여기 있다가, 다른 나라에서 날 필요로 하면 떠나야죠.

여기에 뭘 투자하면 그럴 수 없지 않겠어요?

언제든 가볍게 뜰 수 있어야죠."

그때 한 수 배웠습니다.

아, 가벼워야 뜨기 쉽구나!

저 하늘의 새처럼.

약속했기 때문에

적자 무릅쓰고 좋은 책만 내는 새물결플러스출판사

김요한 대표님.

특히 은퇴 교수 책은 안 내주려 하는 게 상례이건만

대학원 시절 은사님(김균진 교수) 대여섯이나 계속 출판 중.

안 팔릴 것 알면서 왜 내느냐고 물으니 하는 말.

"약속했기 때문."

헤겔 연구로 독일에서 박사 받은 그분, 언젠가 찾아오셨더라죠.

"내 책 내 줄 의향 있는지?"

얼마든 가져오시라 했다죠.

사제간 정리도 있고, 설마 몇 권이나 쓰시랴 하고 …

웬걸? 젊은 교수 뺨치는 열정으로 집필에 몰두

루터 종교개혁 관련 원고에 이어, 조직신학 시리즈까지 완결하고

지금은 헤겔의 역사신학 연구서 원고를 거의 탈고 상태라네요.

어려운 책이라 대중성은 없지만 출판하겠답니다.

'약속' 때문에…

기독교의 하나님은 언약의 하나님, 철저히 약속 지키는 하나님

그분을 믿는 목사답습니다.

책 1만 권

독서광 지인 가운데 책도 쓰되 잘 쓰는 두 분.

공통점 한 가지.

1만 권 읽기 …

여성 분(이서영 님)은 1만 권 읽고 나서 책 쓰기.

남성 분(김동명 님)은 그러려다가 7,500권 읽고 저술.

그쯤 읽으니, 무당 말문 열리듯

쓰고픈 충동이 일어난 것. ^^

talk ••• **안병걸 님**
요즘 1만 권은 예전 책 다섯 수레 넘습니다. 훨씬^^

권성로 님 ••• talk
미쳐야(狂) 미칩니다(至)

talk ••• **권순궁 님**
그런데 그게 물리적으로 가능할까요? 사흘에 책 1권씩 읽어도 1년이면 100권 정도밖
에 못읽는데, 1만 권을 읽으려면 100년이 걸리죠. 현실적으로 평생 30년 정도 꾸준하
게 책을 읽으면 3천 권 정도는 가능하겠지요.

김영수 님 ••• talk
음! 할 말이 없네!
하루에 한 권씩 읽어도 27년이나 걸리는 그 일을 …

talk ••• **김의정 님**
1만권. 전 하나를 알면 둘을 말합니다. ㅋㅋㅋ

강석우 님 ••• talk
뭔가를 이루려면 일만 시간은 필요하다는 "만시간의 법칙"은 들어봤지만 1만 권 읽기
는 처음 들어 봅니다.

talk ••• **윤금주 님(김동명 님의 부인)**
ㅎㅎ~~아닌 게 아니라 책이 엄청난 지식도 주지만 사람도 성자가 되게 하네요~~^
그래서 저도 닮아 보려고 1년에 140권 정도 읽으며 독서운동 하고 있답니다~~^
저도 성녀의 경지에 달해 보려구요~~ㅋ ㅋ

장미 1만 송이

"나 죽으면 무덤 앞에 장미꽃 좀 놔 줘요."

한 번도 사랑 표현 않는 남편한테
어느 날 우리 처형님이 말했다죠
죽어서라도 꽃 선물 받고 싶어 그랬다죠
부여에서 함께 농사하다 혼자 올라와 쉬고 있는데 걸려온 전화.

"여보, 어서 내려와요. 1만 송이 장미 준비해 놨으니…"

웬일인가 내려갔더니만
뒤안 가득 장미를 심어 놨더라죠.
왜 앞뜰에 안 심고 뒤란에 심었냐니까 하는 말.

"당신 설거지할 적마다 보라고…"

5월마다 가득 피어나는 1만 송이 장미꽃.
송이마다 담겨 있는 남편의 묵직한 사랑.

머리를 써야지

설립 48주년 기념일 맞아 교회 대청소. 내가 맡은 일은 2층 카페
의 유리창 닦기. 왕년에 7년간 유리창 청소하셨다는
80대 김희문 권사님과 함께 … 무턱대고 닦는 게 아니었습니다.

1차. 자루 달린 물걸레로 물 바르기.
2차. 물 바른 곳을 걸레 뒤쪽으로 힘주어 닦기.
3차. 마른 걸레로 물기 제거하기.
4차. 바닥의 물 훔치기.

날더러는 비교적 단순작업인 1차와 4차만 하라십니다.
그나마 서툴게 하자 대뜸 하시는 말씀.

"머리를 써야지 … "^^

그날 청소 고수한테 제대로 배웠습니다. ^^

talk ••• **남미우 님**

ㅎㅎㅎㅎㅎ 저희 교회 장로님 외대 경영대 대학원장까지하시고 조순 총리의 애제자이셨는데… 권사님이 하시는 말씀이 저 머리로 공부를 어떻게 했는지 모르겠다며 우리한테 늘 흉을 보세요 ㅎㅎㅎ

권성로 님 ••• talk

세상에 가장 미운 사람.
몸 말고 공부가 가장 쉬웠다는 사람!!! 중고 선배 중에 한 분 계셨는데 등잔 밑에 존경스러운 친구가 또 있었네.

talk ••• **오세찬 님**

평생 배워도 항상 부족한 것이 사람.

조승철 님 ••• talk

평생 국문학을 단련하신 교수님도 유리창청소학? 앞에서 작아지셨네요^^

talk ••• **김창진 님**

경당문노(耕當問奴)라 했죠.
농사에 관한 일은 당연히 머슴에게 물어보아야 한다는 뜻.

최내경 님 ••• talk

모두 자기 분야에서는 100점인 것 같아요~

택시 타기

난 좀처럼 택시 안 탑니다.
아마 어렵게 살아 그런 듯.
이제 그런 대로 살 만해도 그렇습니다.
밥 흘리거나 남기면
여전히 죄스런 마음 들 듯이 …

그러던 내가 이따금 일부러 택시 타기도 합니다.
설계사무소장인 이주훈 장로 때문.
IMF로 모두가 어려울 때
여전히 내가 절약하는 눈치를 보이자
어느 날 나한테 하는 말.

"이럴 때는 이 교수 같은 봉급쟁이들이 지갑 열어야 해.
그래야 돈이 돌아 경기가 회복되지."

그 말 들은 후로는 곧잘 탑니다.

식당도 더 이용하는 편.

전체를 생각하는 사람

오지랖 넓은 친구 때문.

절하기

우 임금은 착한 말 들으면,

그 사람이 누구든 엎드려 절했다죠.

엊그제 그렇게 행동하는 분 만났습니다.

함께 산행하고 점심 먹던 전무용 박사.

"과거 신문 기사에서는 문기(文氣)가 느껴졌는데,

왜 요즘은 그렇지 않은가?"

이 화두 꺼내기에 대답했죠.

"전두환정권의 언론통폐합 이후

정책적으로 기자들의 처우를 파격적으로 개선하면서 바뀐 것.

잃을 게 없을 때는 정론직필하다가

잃을 게 많아지자 눈치 보며 몸 사리게 된 것

(손석춘 기자의 글 참고)"

그 말 듣자마자,

국수 먹다 말고 벌떡 일어나 꾸벅

90도로 절하는 전 박사.

"고맙습니다! 궁금증 풀어 줘서…"

talk ••• **박정규 님**

멋진 분이시네요.

전무용 박사님.

연탄가스 중독 사건이 신문에서 사라진 시점은 기자들이 거의 다 기름보일러로 바꾼 시점과 거의 일치한다더군요.

이수자 님 ••• talk

전 박사님께 90도 절 받은 느낌은 어떠신지요? …… ㅎ

talk ••• **구미래 님**

그러네요. 권력층과 언론, 서로가 길들이기 …

대박나라고

어머니 추도식으로 새벽열차 타러 간 용산역
시간이 남아 들어간 어묵집
우리 어머니처럼 상냥하게 생긴 아주머니 김양희 여사
"어서 오세요.
어묵 드릴까요?"
내 뒤 따라 들어온 술 취한 청년
큼직한 어묵컵 움직이다 그만
어묵 물 쏟아져 바닥에 홍건
"죄송합니다. 제가 좀 취해서…"
달려온 아주머니,
얼른 물걸레로 닦으며 하시는 말씀
"어디 데이지는 않았어요?
우리 집 대박나라고 그런 거죠?"

talk ●●● **김희영 님**
아주머니 최고. 👍
잘되는 집은 이유가 있다니까요.~

배영동 님 ●●● talk
그건 아주머니의 센스에다가 우리문화의 전통이 합해진 표현일 듯.
타인이나 손님의 본의 아닌 실수나 겸연쩍은 행동에 대해서는 더러 긍정적으로 해석하
죠? "남의 집에 가서 똥 누면 그 집이 부자된다."
그리고 불편해진 것에 대해서도 긍정적으로 해석하는 경우도 있죠? "시집장가 가는 날
눈비 오면 부자 된다." "이사 가는 날 눈비 오면 부자 된다"

talk ●●● **김령매 님**
넉넉한 말씀이 여유로운 세상을 만들죠. 말이 세상을 움직인다는 걸 오늘 또 배웠
어요~

이런 시절

초등학교 3학년 시절, 육이오 동란 중이던 어느 추운 겨울날
며칠을 굶어 모든 게 먹을 걸로만 보일 때
학교는 가야겠고 먹을 밥은 없고
사다 놓은 술지게미밖에 없어 당원 뿌려 한 사발 먹고 갔다죠.
각자 깔고 앉을 거적때기 하나에 책상 대용 사과박스 하나씩
들메고 뛰어갔다죠.
옆의 난로에서 뿜어 나오는 열기로 술기운 거나하게 퍼져
수업시간에 이리 휘청 저리 휘청 휘청 휘청 …
쪼그만 놈이 술 처먹고 학교 왔다고
거적때기 말아 쥐고 때린 담임선생님.
반 아이들을 데리고 가정방문한 젊은 그 담임선생님.
"어머니는 외출중이시고 형들은 군대 가 있고
누나는 방직공장에 돈 벌러 가 있고 …"
이웃집 할머니가 대신 선생님께 들려준 말씀.
"그 아이 절대 술 마실 애 아니에요.
먹을 게 없어 아마 술지게미 먹어 그랬을 겁니다."
그 말 듣자마자

그 자리에 꿇어앉아 미안하다고,

그런 줄도 모르고 때렸다며 선생님도 울고,

함께 간 반 친구들도 울고 …

46년생 교회사문헌연구원 심한보 원장님이 들려주는 그 시절

이야기.

지금까지 살아내신 것 참 위대하다,

라이언 일병보다 더 자랑스럽다는 생각이 들었습니다.

매개와 마중물

"매개와 마중물 역할로 만족해야 해요."

서울시 갈등조정심의위원 회식 자리에서 신종원 위원이 한 말.
아무리 좋은 아이디어라 해도,
그 주체가 계속 영향력 가져선 안 된다는 말.
시민과 국민이 그 과실 따 먹고 혜택 누리도록 하는 매개와 마중물
그 구실 한 걸로 만족해야 한다는 것.
기득권, 지배욕을 절제할 줄 알아야 한다는 일침.

YMCA에서 30년 넘게 일한 분.
새해들어 정부 소비자분쟁조정위원회 위원장으로 발탁된 분.
이런 의식 가진 분들만 정부 요직 채웠으면 좋겠습니다.

일찍이 신동엽 시인이 읊었지.
껍데기는 가라 … 알맹이만 남고 … ^^

talk ••• **남연호 님**
신종원 위원께서 여태 YMCA에 계셨군요.
소싯적 아파트에 입주했을 때 부실공사 시정 요구를 신 위원을 통해 진행하여
큰 도움을 받은 적 있습니다. 총 170 가구가 총 10억원 가까이 보상을 받았습니다.
그때가 90년 대 초입니다.

배영동 님 ••• talk
네. 훌륭하신 말씀이죠. 기업인이 장학금이나 협찬금을 주면 그만이지, 그것을 어떻게
쓰라고 강요하지 말아야 한다는 말씀과도 상통합니다.

talk ••• **남궁양 님**
욕심을 다스리는 거인입니다.

김만호 님 ••• talk
국민들이 아주 잘 익은 과실을 따 먹을 수 있도록 매개와 마중물이 되어 준다면 존경받
고 훌륭한 일이지.^^

양보

코로나19로 가장 크게 타격 받고 있는 항공업계.

국제정비사 자격증 보유자인 우리 교회 김만수 권사님도 무급 휴가 중.

얼마 전 만났더니,

4개월 쉬고 다시 근무하다가 1개월 만에 다시 쉬고 있다네요.

"일이 없어서, 누군가 쉬어야 하는데, 양보했어요.

그래도 나는 자식들 대학 졸업 다 시켰지만,

이제 한참 자녀 학비 대줘야 하는 후배들 생각하니 차마…"

참 흐뭇한 이야기였습니다.

과연 권사님입니다.

talk ••• **배영동 님**
참 훌륭하신 분이십니다.
우리 전통사회에서도 풍물패가 걸립을 할 때나 의병 기금 모금을 할 때 각자 자신을 상대평가하면서 동참하였죠.
가장이 중병을 앓고 있으면 동민들이 무료로 그 집 농사일을 해주는 전통도 있었죠. 환난상휼의 덕목을 시골사람들이 실천해 왔죠. 그런데 도시화, 산업화 시대에 그런 전통이 퇴색되었다고 봐요.

김창진 님 ••• talk
제 아들이 바로 그 항공정비과 나왔어요. 그래서 인천공항 안 화물터미널에서 근무해요. 다행히 정비가 아닌 항공 물류를 다루므로 요즘도 큰 타격 없이 다닙니다.

talk ••• **김진영 님**
코로나19. 세상 참 힘들게 하는데, 그런 미담도 있군요.

박미례 님 ••• talk
본받을 만한 훌륭하신 분이네요. 그래서 세상은 아름다워요.

talk ••• **김영수 님**
공맹, 부처, 예수님 말씀이 생활에 녹아 있는 분!

김도중 님 ••• talk
환난상휼, 상부상조 !
실천하는 사람이 바로 대인입니다.

talk ••• **김종석 님**
내 한 고교 후배도 대학강의하다 그랬다더군.

버선발로

내 고향 전북 익산군 삼기면 오룡리 삼기제일교회

개척자 중 한 분 김다복 권사님(1904~1985).

청풍 김씨 다복 권사님은 처녀 적부터 믿다가,

우리 옆 동네인 낭산면 용기리 소도 마을

강릉 김씨 집안에 시집오셨습니다.

동네에서 가장 가난한 집.

게다가 남편은 믿지 않는 분.

그래도 열심히 신앙생활을 했습니다.

가까운 동네에 교회가 없어,

10리 너머에 있는 서두교회를 다니셨습니다.

서너 개 마을을 거쳐, 야산을 넘고, 방죽을 지나야 했습니다.

하루도 빠짐없이,

눈이 오나 비가 오나,

주일예배는 물론 매일 새벽기도를 드리러 다니셨습니다.

눈 많이 오는 날이 문제.

고무신 살 돈 없이 가난했기에,

짚신 신고 집을 나서면,

한 5리쯤에서 그만 짚신 코가 떨어져

(요즘말로 짚신의 올이 다 풀어져),

더 이상 신을 수 없습니다.

그러면 버선발로 눈길을 걸어 교회까지 …

언 발로 교회에 도착해 들어서면,

장로님들이 난롯불 쬐고 있다가,

그냥들 달려 나와, 아무 말도 못한 채,

얼싸안고 한참씩 울었답니다.

talk ••• **강문수 님**
이 갈래는 어른을 위한 복음 동화.
시리즈로 이어지면(이 이야기의 연장, 또 다른 이야기의 연속) 좋겠습니다.
좀 더 살을 붙이면 톨스토이 냄새가 날 거에요.

초등 학력

순창의 어른 가운데 한 분. 곧 팔순인 설명환 선생님.
장손이니 집안 제사 모셔야 한다는 할아버지 고집 때문에
결국 초등학교만 졸업.
중학교 대신 서당에서 6년 한문 공부했다죠.
조부 별세 후 파독 광부 지원해 4년 근무.
귀국해 사업, 문중 일(한문 번역과 족보 편찬),
향교 임원으로서 고향 지키며 살고 계신 분.

문득 궁금해 여쭸죠.
"파독 광부는 거의 대학 학력자들 …
교수, 법조인 된 사람도 많다는데,
그간 교류하면서, 초등 학력 때문에 불편한 적 없으셨는지 …"

별로 없답니다.
전문분야 지식은 모자라도
사회상식, 기본 예절은 몸에 배어 그런지
특별히 불편 모른 채 살고 있노라고. ^^

talk ●●● **노유선 님**
정말 살다 보면 학력보다 삶의 방식이 더 중요하다는 걸 느낍니다.

이연철 님 ●●● talk
어렸을 적 한자 공부한 적 있는데, 나중에 생각하니 한자 공부가 아니라 인문학 …

talk ●●● **곽신환 님**
한문을 배웠다기보다
유학 곧 사람됨 배웠으니
꿀릴 게 뭐 있노!

최내경 님 ●●● talk
전공바보가 우리 주위에는 너무도 많지요.

없는 겁니다

저녁 먹으러 들른 은성순대국집.

밥맛이 좋아 물었죠.

"어디 쌀이에요?"

그러자, 철원쌀이라 밝히며 곤혹스런 표정 짓는 이한신 대표.

"지인이 부탁해 몇 포대 사다 나눠주고,

식당에서 요 며칠 이용 중인데,

손님들 입맛 버려 놓아 걱정.

다른 쌀로 밥하면 맛 변했다고 할 거고,

계속하자니 너무 비싸고 … ㅠㅠ"

물정 모르는 내가 해준 말.

"요 며칠 들른 손님들 방역용 명단

연락처로 자초지종 알리면 되잖아요?"

그러자 정색하며 하는 말.

"그건 없는 겁니다.

유사시에 당국에만 보이고 …

그냥 갖고 있다가, 2주 후 폐기합니다."

철저한 보안. 많이 무안했습니다. 든든했습니다.

talk ●●● **안상숙 님**
요즘은 맛좋은 곳이 달라졌어요.
이천쌀보다 철원쌀
대구 사과보다 임계 사과
맛 좋아진 곳이 모두 강원도
지구온난화와 관련이 있나 싶기도 하구요…

배영동 님 ●●● talk
보안 철저한 건 좋은데, 비싸고 맛좋은 쌀을 무한 공급 어려운 게 문제군요.
고객은 밥맛 좋다고 하는데 식당 주인이 비싼 쌀값으로 난감하다면, 그 전 쌀과 철원 쌀
을 섞어서 밥 지으면 어떨까요.
혼식의 지혜.

talk ●●● **최내경 님**
정말 든든하네요! 밥맛이 좋으면 다 맛있어요 ~

한미숙 님 ●●● talk
교수님 궁금하면 바로바로 해결하셔야 하는 습관이 연구하시는 비결이셨네요.*.^

그림 때문에

풍속화가이자 기독교 성화로 유명한 김학수 화백.

그분이 19세기 서울의 시장을 그린 그림 〈시장도〉

중고등학교 국사교과서에 실려 있죠.

87세이실 때 찾아뵈었더니,

그때도 붓 놓지 않고 그림을 그리고 있다 했습니다.

마지막 혼신의 힘을 기울여 그리는 그림은 〈한강도〉.

오대산 발원지에서부터 강화도 하류까지,

한강의 전체 모습을 무려 400미터 화폭에 담아내는 거대한 작업

30년 넘게 하고 있다고 했습니다.

그때 들은 말씀이 인상적입니다.

"내가 원래는 책 읽기를 좋아했는데

요즘은 책을 안 봐.

죽기 전에 이 그림 완성하려면 눈을 보호해야 하기 때문이야.

텔레비전도 요즘은 안 봐.

눈 나빠질까 봐."

선물로 주신 화첩과 자료집과 함께

이 말씀 가슴에 품고 돌아왔습니다.

무조건? 안 받아

의정부에서 노인 목회하는 이성모 목사님.

개척할 때 1년이 가도 사람이 없어 노인 목회 결심했다네요.

오시는 분에게 쌀 1키로씩!

그러자 몰려들어 자리가 부족할 지경.

헌금 못 내는 노인들이라 철저히 무보수 사역 …

판을 크게 벌여, 수급자, 장애인, 차상위계층, 독거노인, 노숙자

이분들 돕는 푸드 뱅크 만들어 봉사하는 중 …

교회의 식당화. (무료)사랑방카페 운영.

쌀, 빵, 식품, 생필품, 후원하겠다는 기관 많지만

무조건 받지는 않는답니다.

"한 번만 주려고?

안 받아!"

적지만 꾸준히!

이런 후원이 소중하다 강조하는 칠순의 목회자.

그 지역의 필요 채워주고 있는 분.

이제 누구한테 물려주고 싶지만,

아무도 나서질 않는다네요.

못 말리는 처조카

ㄱ대 사회학과 졸업, 은행 다니다 호주 유학 가겠다니,

제발 아들 말려달라는 처남의 부탁.

처조카 만나본 나는 차마 못 말렸죠.

목적이 아름다웠기 때문.

"제 꿈은요, 유니세프 들어가 봉사활동하는 것.

그래서 사회학과 다녔고, 호주 유학도 가려는 것.

사회학박사학위 받고 영어회화능력도 키워야

그 일을 잘해낼 수 있으니까요."

집안 형편 생각하면, 뜯어말려 은행 잘 다니라 해야지만,

너무도 갸륵해 못 말렸죠.

오히려 격려하고 칭찬.

지금 변호사로 다문화 가족이랑 어려운 이들 돕는 중.

호주에서 석사학위 받고 돌아와, ㅅ대 로스쿨 졸업해 그러는 중
입니다.

로스쿨 간 것도 좋은 제도 마련 등 근본적 도움 주려는 동기 때문.

'유학가는 것 말리랬더니 도리어 격려하고 부추겼다'

섭섭해 하던 우리 처남, 지금은 아들이 자랑스럽다네요. ^^

talk ●●● **김명상 님**
멋진 젊은이.

고병곤 님 ●●● talk
격려와 칭찬이 조카에게 자양분이 되어 이처럼 세상을 밝히는 촛불이 되었네요!

talk ●●● **조완미 님**
정말 나보다 남을 먼저 생각하는 젊은 친구들이 많아지기를 기도해야겠네요.
내 아들부터요~

배영동 님 ●●● talk
꿈과 실천력이 자신을 바꾸고 세상을 바꾸지요. 그래서 하늘은 스스로 돕는 자를 돕는
다는 말이 생겼겠죠. 입학 일류대보다 졸업 일류대를 만든 것이 우리 사회를 돕는 길이
고 바꾸는 길이라 생각해요.

샘소리터 풍류방의 만파식적

교직 정년 후 고향 정읍에서 풍류방 이어가는 김문선 교장.

대금 이수자로서 샘소리터란 건물 지어 15년째 운영 중.

인근의 풍류패들이 모여 정악 〈영산회상〉을 연주한다기에 참석했죠.

남에게 보이려는 게 아니라 자족하는 연주회.

대금 중금 소금을 보여주면서 하는 말이 인상적이었습니다.

"쌍으로 홈이 파이고 속이 찬 기형 대나무,

쌍골죽으로 만들어요.

갈라지지 않아 일반적인 죽제품 재료로는 쓸모없지만,

대금이랑 악기 만드는 데는 최고에요."

신라 때, 낮엔 둘로 갈라졌다 밤엔 하나가 되는 대나무로 만들어, 나라에 근심 생길 때 불면 평온해졌다는 만파식적(萬萬波波息笛). 바로 이 쌍골죽이 그 대나무라며 웃는 김문선 교장.

귀 어두운 우리 눈높이로 들려준 〈남원의 애수〉 한 곡조.

이 대금 소리로, 우리나라 온갖 파도가 잦아졌으면 …

한비야 박사도

얼마 전 하부르타 교육을 받은 한비야 작가.

결혼만 한 줄 알았더니, 최근에 국제구호 문제 다뤄 박사학위도 받았다네요.

국제구호 경험과 자료는 풍부하나 갈피 못 잡다,

이대 전길자 명예교수의 하부르타식 질문 공세 2시간 받다 보니 말끔히 정리돼 학위 받았다네요.

나와 짝이 되어,

처음 받은 과제는 서로 마주보며 일방적으로 2분간 큰소리로 자기 소개하기.

나는 물론 그 에너지 넘치고 달변인 한 박사도 1분 30초쯤에서 심 드렁 … ^^

그다음은, 주어진 상대방의 말 경청하기 과제 때는 시간 부족.

내가 맞장구치며 들어주자 혼자 3분 다 써 버려 내 소개는 할 새도 없었죠. ^^

질문이 핵심인 유대인의 하부르타교육도 경청할 때만 열매 거둔 다는 걸 체험한 순간.

talk ●●● **김창진 님**
그 하부르타가 유태인을 창의적으로 만든 근원이라고 하대요. 한국의 주입식 교육은 그 정반대이고요.

구미래 님 ●●● talk
이샘 에너지의 끝은 어디인지요.

talk ●●● **문창실 님**
선생님의 일방적 하향식 교육이 대세인 우리의 교육 방식과는 많은 차이가 있네요. 이런 논쟁을 거치면 진리가 도출될 개연성이 높아질 수도 있겠다는 생각을 하게됩니다.

권혁래 님 ●●● talk
즐겁고 지혜로운 60대 어른의 삶을 보여주시는군요.

이현주 목사님

동화작가로도 활동하는 이현주 목사님.

거의 은거 중이면서도 내 이야기시집 받고 편지 보내주신 분입니다.

언젠가 들은 양화진문화원 강의에서 인상적인 것 두 가지.

목포 디아코니아 자매회 십자가의 길에서 예수님의 음성을 들었다는 대목이 그 하나입니다.

"내 앞에서 깔짝거리지 좀 마라.

네가 뭘 아냐?

쥐뿔도 모르면서, 감히 내 앞에서 걸어가고 있냐?

내 뒤로 물러서라는 말이다."

그래서 그날도 강연하러 오면서 이렇게 기도했다죠.

"오늘 강연하러 갑니다.

제가 당신을 앞서가지 않도록 도와주십시오."

또 하나는 환갑에 이르러 용서를 구하고 다닌다는 대목.

"요즘은 전에 만난 사람들에게 용서를 구합니다.

혹시 나 모르는 사이에 내 말 듣고,

나 때문에 상처 받았다면 용서하시라고."

"내게 찾아와, 자기 편 들어주는 말 들으려고 온 사람에게,

설교한 경우, 성경까지 인용하면서,

지당한 말씀을 들려준 일도 있다.

그냥 안아주면서,

얼마나 힘드냐고 위로해 주어야 했는데 …"

엄마를 기억하는 방법

인생나눔교실 세대공감콘텐츠 공모전

우수작으로 뽑혔다는 동영상 작품의 제목.

"엄마를 기억하는 방법"

조각보 작가 신동임 선생의 작품입니다.

돌아가신 어머님이 쓰던 모시 적삼과 삼베 홑이불로

조각보 만들어 남매들한테 나눠줬다는 사연.

조각보 작품 이름은 〈우리 어머니 ㅇ ㅇ ㅇ 여사〉.

시어머니 돌아가신 후에도 모시 적삼 챙겨 조각보 만드는 중이

라네요. 시댁 식구들 주려고…

중병 앓다 회생해 환갑 맞았다는 신 선생님.

요즘 딸이 자꾸만 데리고 다니며 동영상 찍어 댄다네요.

조각보 또는 동영상으로,

방법은 다르지만 오래 기억하려는 그 마음,

똑같이 아름다워라.

나는 아침톡으로 …ㅎㅎㅎ

talk ••• **김성화 님**
엄마라는 말만 들어도 울컥 … 기억하는 것은 각자 다르지만~~

주칠성 님 ••• talk
ㅎㅎㅎ
나는 장로님이 보내 주신
아침톡을 열면서
장로님을 기억하죠~

talk ••• **백은하 님**
조각보 선생님의 이야기는 동화같네요!! ^^패트리샤 폴리코 작가의 할머니의 조각보라
는 그침책이 떠오르네요~~ 이야기를 들려주는 방식으로 쓰는데, 제가 좋아하는 작가
중 한분이에요!!

강문수 님 ••• talk
유한한 인간이 영원히 사는 법
기껏해야 100년 남짓 살다 가는 인생~
그 허무함 극복 방법
1. 아무 생각 없이 그냥 살다 가기
2. 역사에 이름 남기기
3. 불멸의 작품 남기기
4. 또 다른 유한한 지인들의 뇌리에 기억으로 남기
5. 종교에 귀의하기

가수 서유석 님 부친의 자녀교육

우리 교회 새벽기도회에 가끔 나오시는 원로가수 서유석 님.

언제인가 차 마시며 들려준 그 아버님의 자녀교육 이야기.

서울고등학교 교장이던 그 아버님.

아들이 공부 않고 노는 애들과 마냥 어울려 지내도

직접 나무라거나 체벌하지 않았다죠.

그 대신,

불러다 앉혀 놓고는,

아들 나이 때, 당신은 어떻게 살았는지,

일제 치하에서 공부하며 독립 위해 활동한 이야기를 …

그 말씀 듣다 보면

자기도 모르는 사이에 반성이 되더라네요.

그 어려운 시절에도 아버지는

그리 치열하게 사셨구나!

그런데 나는 지금 …

이래선 안 되지 …

이래서 정신 차리고 공부해 성대 장학생으로 들어갔다네요.

사랑하는 내 아들들에게, 나도 그리 말할 수 있을까?
그런 자랑거리도 없으면서, 잔소리나 하고 있지는 않은지 …

없으면 안 쓰는 거야

카자흐스탄 강득성 선교사님의 생활 신조.
언젠가 우연히 들은 말.

"없으면 안 쓰는 거야."

돈 떨어진 상황에서
자녀가 뭘 요구하자 단호하게 한 그 말.
돈 없으면 꾸든지 마이너스통장 만들어 쓰는 내게
충격 주었던 그 한마디.
어디 빌릴 데도 없던 그곳에서
수십 년 목회에 성공한 비결 무엇인지 일러준 그 말씀.

50년 동안은

"결혼해도 부모님 빚 갚아 드려야 하니,
한동안 고생할 거요.
하지만 50년만 고생하면 좋은 곳에서 영원히 살 거다.
그 대신 당신 눈에서 피눈물 나는 일은 없게 해 주겠소."

환갑인 노동래 편집자가, 결혼 당시 아내 될 분한테 했다는 말.
같은 신자로서 영생 믿는 처지라지만,
참 어려운 말, 뻔뻔한(?) 말. ^^
형 대신, 부모님 돌아가실 때까지 빚 갚아야 해서 그랬건만,
결혼해 주더라죠.

50년 …
평생 가난할 수도 있는 남자 선택한 그 부인의 사랑과 믿음.
갸륵하여라.
최근에 아파트 당첨되어 하남으로 이사했다니,
아마도 빚 청산 다 해 드린 듯.
다행이어라.

talk ●●● **노동래 님**
당시 평균 수명상 50년만 고생하면 될 줄 알았는데 60년으로 늘어나게 생겼네요. 그래도 빚은 10년 안에 다 갚아드렸고 사실 제 아내 고생하지 않았답니다. ㅋㅋ.

이동준 님 ●●● talk
효자면 더 볼 것 있겠나요?

talk ●●● **강석우 님**
가난하지만 성실한 남자,
푸른 미래를 꿈꾸며 기꺼이 그와 동반자가 되는 여자,
지금은?
푸른 미래 대신에 현실적인 계산,
제 친구가 전에 자식 결혼시키며 한 말
결혼의 최종 결정은 양가 어머니의 계산이 맞았을 때 이루어짐.
다소 과장된 표현이지만 그만큼 어려운 과정이었다는 것이겠지요.

이경숙 님 ●●● talk
휴~다행이네요 저는 중반에 동생 빚 갚느라 고생했는데, 지난 세월들에 공감하는 글이네요

그러려고 책이

28년 넘게 출판 일 하는 한은희 실장.

그간 만난 필자 중 두 경우를 이야기합니다.

넘긴 원고 자꾸 고쳐 8년 만에 결국 불발한 교수.

교정 보다 보다 지쳐 그 제자가 학문도 포기한 채 도주 … ㅎㅎㅎ

참 고마운 저자도 있답니다.

80세에 회고록 낸 어떤 어르신.

한평생 동안 모아온 상장들과 사진 원본들

스캔 후 꼭 돌려달라고 하셔서 잘 보관 후에

출판된 책을 사진과 함께 갖다 주려 차에 싣기 직전,

누군가 잽싸게 그 사진뭉치까지 폐지욕심에 훔쳐가 망연자실 …

그 말 들은 노신사 왈.

"아 … 그러려고 이 책이 나왔나 봅니다."

진짜 어르신. 쿨한 분.

아 … 한 실장님 눈에 나는 어떤 필자일지 …

talk ●●● **조방익 님**

"아… 그러려고 이 책을 냈나 보군요." 옛 사진들과 함께 회고록 분실한 80세 어르신. 멋있습니다. 배우 윤여정이 몇 년전에 자신의 초상화 화가에게 이렇게 주문했다지요. "늙은 거 주름 푹푹 넣어 그려라." 그렇지요. 이 주름 만들려고 75년 걸렸지요. 그 주름이 엊그제 오스카 여우조연상을 받은 거지요. 나이 들어감의 여유와 말의 품격을 생각해봅니다.

강문수 님 ●●● talk

지금까지 지구 곳곳에 무수히 존재하는 책들.
그 하나하나의 사연은 얼마나 대단할까요?
제 생각에 형님은 언제나 칼같이 시간 지켜 원고 넘긴 저자 아닐까요?

talk ●●● **배영동 님**

8년 동안 원고 고친 것은 좋으나 제자를 망친 것은 큰 잘못이네요.
출판된 책과 사진 도난당한 것은 출판사에서 벌어진 일인 모양이죠.
그 책이 대체 어디로 갔을까요? ㅎㅎㅎ
이 선생님은 당연히 모범적인 저자로 분류되겠지요.

이동준 님 ●●● talk

토마스 카아라일(Thomas Carlyle : 1792-1881),
<프랑스 혁명> 원고를, 하녀가 모르고 난로에 넣었다죠.
아무 소리 않고 다시 써서 대작이 되었다죠.
'아무 소리 않고' 새로 썼다는 게 인상적이죠.
<선(禪)의 연구>를 쓰신 고형곤 선생이 내장산에 칩거,
하산시에 잠시 화장실 에 다녀오시니 책가방이 행방불명.

내려와 줘서

논문 심사든 뭐든, 웬만하면 사양하지 않는 나.

요즘엔 특히 그렇습니다. 은퇴 후를 생각해 …^^

얼마 전 정부대전청사에 있는 문화재청에서 부르기에 내려갔
죠. 과장인 김인규 박사,

두세 번이나 강조하는 말씀.

"여기까지 내려오시게 해서 …"

"여기까지 와 주셔서 …"

나로서는 불러 줘서 고맙건만.

일하는 틈틈이 10년에 걸쳐,

초서로 된 열 권짜리《묵재일기》를 다 번역한 분이

이리 겸손하다니.

앞으로 무슨 일이든 돕고픈 마음 저절로 충만하였습니다.

talk ●●● **강석우 님**
한분은 내려와 줘서 고맙다고 하고,
힌분은 불러 줘서 마음속으로 고마워하고,
여유롭고 훈훈한 모습입니다.

원연희 님 ●●● talk
춘천에서도 유명한 분이 서울에서 내려오셔서 강연을 한다고 하면, 모두 들뜬 마음으로 참석하곤 합니다. 서울에서 활동하시는 분을 가까이에서 뵙는다는 건 행운이니까요.^^

talk ●●● **김기서 님**
높은 자리 교만을 낳고, 낮은 마음 감동을 낳다.

구자천 님 ●●● talk
최고의 미학 = 겸손
좋아요~~^^

감사해서

가래떡 사러 들른 아현시장 떡집.

하나에 1000원씩.

다섯 개 달라고 하고 나서 호주머니 뒤지니 비어 있습니다.

주일날 헌금으로 다 낸 것.

"계좌이체해야겠네요."

그러자 반색하며,

번호 적힌 쪽지 내미는 젊은 주인 아주머니(전현애 님).

"제일 고맙죠. 계좌이체 손님이 …"

썰어 드릴까요, 그냥 드릴까요?

묻기에 그냥 …

떡 싸는 동안 폰뱅킹으로 송금하고,

떡 봉지 갖고 돌아서는 순간.

"식혜나 떡이라도 드릴게요.

감사해서요."

떡과 함께 정도 퍼 주는 집.

talk ●●● **박성홈 님**
평범하지만 말로만 풍성한 실천하기 어려운 기부 앤 테이크 아닐까요?

이서영 님 ●●● talk
사실 상인들은 카드를 쓰면 남는 게 없어요,,^^

talk ●●● **이수진 님**
떡집이 인색하면 정말 가기 싫어질 듯해요. ㅎㅎㅎ. 떡집인데…!

한경희 님 ●●● talk
풋풋한 인심과 따스함이 묻어나는 정겨운 장면.
살맛 나는 세상입니다.

메밀뜨락

"휠체어 타고 다니다 이제는 걸어요."
아현시장 입구에 있는 메밀국수집 주인장(정해룡 님) 말씀.
30년 전 뇌경색으로 쓰러져 휠체어 신세.
그때부터 아내가 해주는 현미밥 먹어 나았다네요.
숱한 병원과 한의원 다녔으나 백약이 무효.
아내 현미밥 덕분이라며 부인 자랑합니다.
들어보니 단순한 현미밥이 아닙니다.
현미찹쌀, 현미, 귀리, 좁쌀, 콩, 팥, 보리, 흑미 …
몇 년 전까지 지팡이는 짚었으나,
그것마저 버렸답니다.
현미밥으로 서서히 회복되었다는 말씀.

음식 중요성 알아,
국수집 모든 식재료는 대부분 국내산.
그중에서도 최고급만 쓴다네요.
장사도 이렇게 욕심 없이 양심적으로 하면
더 이상 장사가 아닌 듯.

talk ••• **윤금자 님**
좋은 재료에 정성이 들어가니 맛있을 수밖에요ㅎ

강석우 님 ••• talk
우리 몸의 세포는 우리가 먹는 음식과 마시는 물에 의해서 결정된다고 합니다. 먹고 마시는 것을 잘 관리하는 것이 건강을 지키는 길!

talk ••• **전무용 님**
ㅎㅎ 못 참고 검색해 봄. 아현시장 검색하고, 국수 검색하고, ㅎㅎ

김은주 님 ••• talk
현미 좋은 식품이지요 그러나 짓는 이의 정성과 받는 이의 깊은 신뢰 이 세 박자가 만들어낸 결실일 테죠.

talk ••• **김창진 님**
자신이 체험해서 그대로 남에게도 베푼다. 이게 바로 실사구시.

권성로 님 ••• talk
내 식구 입에 넣듯
내 손님 챙기는 상도(商道) …

talk ••• **이종주 님**
이 형 … 이 글 퍼 날랐더니 … 어느 집이고 가격이 얼마냐고 질문이 왔어요 … 메밀국수집.ㅋㅋ

가르치려 들면

30여 년간 기독교출판사를 운영하고 있는 분
신앙과지성사 대표 최병천 장로님을 만났습니다.
신앙생활 관련 내 짧은 글을 모아 책으로 내기 전
의견을 듣고 싶어 만난 거죠.
이런저런 얘기 끝에 말합니다.

"가르치려 들면 안 돼요."

그냥 읽다 보면 감동이 일어나는 글이어야지
가르치려 하면 안 읽는다는 것.
그 말을 들으면서 생각했습니다.
글만이 아니라 말 특히 설교도 그렇지 않을까?
예컨대 나도 이리이리 살아보려 애쓰고 있노라 …
잘 안 되지만 노력하고 있노라 …
그리 말해야지
여러분은 왜 그렇게 살지 않습니까?
이렇게 나무라기만 해서는 안 될 일.

자칫,

'당신이나 잘하세요.'

또는

'그럼 그렇게 말하는 당신은?'

속으로 이렇게 반응할 수 있습니다.

글 쓰고 말할 때 명심해야 할 조언입니다.

가르치려 들지 마세요. ^^

생방송

서경 예술교육센터에서 비대면 실시간 줌 화상 세미나 하던 날.

돌발사고가 일어났습니다.

주최 측에서 준비한 홍보 동영상이 화면만 나오고 소리가 안 나온 것.

모임은 이미 시작되어 전국에서 접속한 상태. 생방송 사고가 터진 거죠.

그 아찔한 순간,

사회자 김지영 아나운서가 침착하게 상황을 통제했습니다.

순서를 바꾸어 센터장 인사부터 하게 하고,

음향 해결할 때까지 계속 자연스럽게 멘트 날려 분위기 유지한 것.

위기 관리 능력이야말로 진짜 실력이란 걸 목격했습니다.

코로나19 상황 …

우리나라와 세계 자도자들의 리더십,

백일하에 드러날 시간.

talk ••• **김지영 님**
교수님^^ 좋게 봐 주셔서 감사합니다.^^

김기서 님 ••• talk
무대 막을 올리기 전
리허설을 하는 이유.
관객이 대한 예의이자 프로정신의 발로. 기계점검 포함. ^^*

talk ••• **서화종 님**
얼마나 가슴이 철렁. 그런 일이 종종 있잖아요.
국민의례하는데 단상에 태극기 없다고 생각해 보세요.ㅜㅜ

조현숙 님 ••• talk
중학교 영어 시간, 잠시 잡담을 하고 있었는데, 교장선생님과 장학사님이 갑자기 문을
열고 순시를 하신 거에요. 그때 반장이 벌떡 일어나 선생님께 질문하고 선생님 영어로
책 반 페이지쯤 읽으셨을 때 두 분 나가시고 … 순발력으로 위기를 모면한 영어 선생님,
교무실 가서서 선생님들께 자랑하셨어요.

노인과 바다

20%만 쓰고 나머지는 독자가 채워 읽게 …

이른바 빙산 문체. 간결하고 함축적인 문체 개발해

후배에 영향 미친 헤밍웨이.

젊어서 잘 나가다가 잊혀져 가던 그 헤밍웨이를,

퓰리처상에 노벨문학상까지 받게 한 중편소설.

〈노인과 바다〉

그 이전에 발표한

〈무기여 잘 있거라〉, 〈누구를 위하여 종은 울리나〉

이런 장편으로 인기는 누렸으나 노벨문학상은 못 받던 헤밍웨이.

그런데 우째 이런 일이?

"헤밍웨이한테는 짧은 소설이 맞아서 그런 듯."

책이 좋아 교수도 그만두고

한평생 책만 읽고 소개하며 사는 로쟈 이현우 선생의 해석입니다.

현재의 삶에서 긴장된 순간 즐겨,

취미도 사냥과 낚시였던 헤밍웨이한테는

중편이 딱 어울렸다는 것.

각각 자기한테 어울리는 일로 존재 증명하다 갈 일입니다.

talk ••• **로쟈 이현우 님**
특별한 해석은 아니고요. 작품에 미국인은 나오는데 미국은 없는 희한한 사례.
노인과 바다는 그나마 쿠바인.

한성일 님 ••• talk
이 교수님의 짧은 글 필체도 특허 내셔야 될 듯합니다.

talk ••• **신은경 님**
마지막의
'각각 자기한테 어울리는 일로 존재 증명하다 갈 일입니다.'
이 문구가 가슴에 남네요 ~^^

김성화 님 ••• talk
대학생 시절에 읽었던 책으로 기억되는 〈노인과 바다〉 끝까지 포기하지 않고 87일 만
에 잡은 청새치물고기를 상어의 공격과 맞서서 싸우는 노인의 모습이 떠오르는군.

부록 : 이복규 교수 저서 목록(1989년~2020년)

I. 단독 저서

1. 《임경업전연구》, 집문당, 1993.

2. 《설공찬전-주석과 관련자료》, 시인사, 1997.

3. 《새로 발굴한 초기 국문·국문본소설》, 박이정, 1998.

4. 《옛날이야기로 배우는 한자·한문》, 대원미디어, 1998.

5. 《부여·고구려 건국신화 연구》, 집문당, 1998.

6. 《(교주본) 임경업전, 시인사》, 1998.

7. 《새로 발굴한 신소설 월하탄금성》, 박이정, 1999.

8. 《이강석 구연설화집》, 민속원, 1999.

9. 《묵재일기에 나타난 조선전기의 민속》, 민속원, 1999.

10. 《한국전통문화의 이해》, 민속원, 2003. 8(2018년 제5판).

11. 《형차기, 왕시봉전, 왕시붕기우기의 비교 연구》, 박이정, 2003. 11.

12. 《설공찬전 연구》, 박이정, 2003, 11.

13. 《우리 고소설 연구》, 역락, 2004.

14. 《중앙아시아 고려인의 구전설화》, 집문당, 2008.6.

15. 《임장군전》, 지식을만드는지식, 2009. 3(지식을만드는지식고전선집 0345).

16. 《사씨남정기》, 지식을만드는지식, 2009.4(지식을만드는지식고전선집 0355번).

17. 《서포만필》, 지식을만드는지식, 2009. 10(지만지고전선집 0471).

18. 《이야기로 즐기는 한자·한문》, 박문사. 2010. 2[4번 저서의 수정증보판].

19. 《개신교가사》, 학고방, 2010. 4.

20. 《구운몽》, 대교(주), 2011. 1(대교소빅스전집 우리문학의숲6).

21. 《사씨남정기》, 대교(주), 2011. 1(대교소빅스전집 우리문학의숲19).

22. 《허생전 외》, 대교(주), 2011. 1(대교소빅스전집 우리문학의숲9).

23. 《임경업전》, 대교(주), 2011. 1(대교소빅스전집 우리문학의숲16).

24. 《카자흐스탄 견문록》, 문예원, 2011. 3.

25. 《이홍기 편 '조선전설집' 연구》, 학고방, 2012. 2.

26. 《중앙아시아 고려인의 생애담 연구》, 지식과교양, 2012. 4.

27. 《한국인의 이름 이야기》, 학고방, 2012. 5.

28. 《개화기의 기독교 입문서 진리편독삼자경》, 학고방, 2012. 8.

29. 《국어국문학의 경계 넘나들기》, 박문사, 2014. 12.

30. 《내 탓》, 지식과교양, 2015. 11(이야기시집).

31. 《우리 어문학 연구》, 박문사, 2016. 4.

32. 《(윤동주육필원고사진판) 하늘과바람과별과詩》, 지식과교양, 2016. 4.

33. 《(육필원고·원본대조) 윤동주詩전집》, 지식과교양, 2016. 7.

34. 《교회에서 쓰는 말과 글 이렇게》, 지식과교양, 2016. 10.

35. 《인문학 이야기》, 교우미디어, 2017. 9.

36. 《우리 구전설화》, 지식과교양, 2017. 10.

37. 《기독교의 특징》, 지식과교양, 2017. 2.

38. 《목련꽃 필 무렵 당신을 보내고-복숭아밭 농부 이춘기의 일기-》, 학지사, 2018. 1.

39. 《우리 인문학 연구》, 지식과교양, 2018. 1.

40. 《묵재일기 소재 국문본소설 연구》, 박이정, 2018. 2[3번 저서의 수정 증보판].

41. 《한글로 읽힌 최초 소설 설공찬전의 이해》, 지식과교양, 2018. 5[12번 저서의 수정증보판].

42. 《철부지 교수의 모닝톡톡》, 작가와 비평, 2020. 11.

43. 《인문학 이삭줍기》, 문예원, 2020. 2.

44. 《톡톡 안녕하십니까》, 책봄, 2020. 7.

45. 《교회에서 쓰는 말 바로잡기》, 새물결플러스, 2020. 10.

II. 공편저

1. 조동일·이복규·김대숙·강진옥·박순임, 《한국설화유형분류집》, 한국정신문화연구원, 1989. 12.

2. 조동일·이복규·김대숙·강진옥·박순임, 《한국설화색인집》, 한국정신문화연구원, 1989. 12.

3. 이종건·이복규, 《한국한문학개론》, 보진재, 1991. 9.

4. 방인태·이복규, 《교양한문》, 집문당, 1996. 2.

5. 이복규·장영기·강창수·구본관, 《대학한문》, 서경대출판부, 1997. 3.

6. 《묵재일기》(탈초본) 상/하, 국사편찬위원회, 1998(5인 공편)

7. 편무영·구미래·이복규·김영수·임숙희, 《한국종교민속시론》, 민속원, 2004. 7.

8. 이복규·김기서, 《조선총독부 기관지 일어판 <조선>지의 민속, 국문학 자료》, 민속원, 2004. 7.

9. 김기창·이복규, 《분단 이후 북한의 구전설화집》, 민속원, 2005. 6.

10. 《종교와 조상제사》, 민속원, 2005. 12(일어판 韓國の宗敎と祖先祭祀, 岩田書院, 2008. 2)(10인 공저).

11. 《종교와 일생의례, 민속원》, 2006. 12(13인 공저).

12. 《베스트티처 교수법》, 서경대출판부, 2007. 2(8인 공저).

13. 《종교와 의례공간》, 민속원, 2007. 12(11인 공저).

14. 《종교와 그림》, 민속원, 2008. 12(12인 공저).

15. 《조선 양반의 일생》, 글항아리, 2009. 12(12인 공저).

16. 《문학과 부자》, 신정, 2012. 1(8인 공저).

17. 《종교와 노래》, 민속원, 2012. 4(12인 공저).

18. 이복규·김정훈, 《국문판 조선지 연구》, 박문사, 2013. 10.

19. . 김영수·이복규, 《한국그리스도교민속론》, 민속원, 2014. 12.

20. 김종진·이대형·이복규·하정수, 《상설 교양한문》, 태학사, 2015. 2.

21. 《종교와 세시풍속》, 민속원, 2016. 6(8인 공저)

22. 이복규·양정화, 《원문대조 한국신화》, 민속원, 2017. 3.

23. 이복규·양정화, 《우리신화 한국신화》, 교우미디어, 2018. 2.

공부 길에서 만난 사람들

초판 발행 2021년 9월 30일
2쇄 발행 2021년 10월 26일

저   자 · 이복규와 댓글러들
발행인 · 한은희
편   집 · 조혜련
그   림 · 안지수

펴낸곳 · 책봄출판사
주   소 · 경기도 고양시 덕양구 통일로 1276-8 (킹스빌타운 208동 301호)
　　　　　서울 중구 새문안로 32 동양빌딩 5층 (디자인 사무실)
전   화 · (010) 6353-0224
블로그 · https://blog.naver.com/anjh1123
이메일 · anjh1123@nate.com
등   록 · 2019년 10월 7일 제2019-0000156호
ISBN 979-11-969999-6-4 03810

· 책값은 뒤표지에 있습니다.
· 댓글러 이름은 석보체를 사용하였습니다.
　일부 제목에도 석보체를 사용하였습니다.